JN094156

認知症専門医の父・長谷川和夫が
教えてくれたこと

父と娘の
認知症日記

著
長谷川和夫・南高まり

中央法規

はじめに

父が認知症であることを公表して、もう3年になる。その間、現役で仕事をしていたときより、たくさんのメディアから取材のオファーがくるようになった。

家族としては公表する前から、高齢で身体的にも弱ってきた父の認知症をごく自然な形で受け入れていた。しかし、これからどうなるんだろうという心配や不安は、父のことだけでなく、災害や感染症、自分自身のことなども含め、細かいことをあげたらキリがない。

そのようななか、足腰が弱ってきた父の取材に黒子として何回も付いて行く機会をもらい、多くの方との再会や新しい出会い、思ってもみなかった経験を父と2人で、ときには家族ですることができた。「認知症になって、かえって世界が広がった」と父が言っていたが、私も近くでそれを感じることができたのは、本当にありがたいと思う。

認知症になった父の言葉が記事になったり、父の姿が映像として流れたりした。父が取材で受ける質問をあらかじめ私が受け取り、事前に父に説明することもあったが、その質問の趣旨が父にうまく伝わらないことも多かった。私が父の言葉を代弁したり、誘導したりして、それが記事になったり映像化されたりすると、それは父本人の本当の思いではなくなる可能性もある。そうならないように気をつけた。認知症の人の気持ちを受け止めるには、時間をかけて本人に負担がかからないようにする工夫が聴く側には必要だと痛感している。

講演会でスムーズに話ができることもある。しかし、繰り返し同じことを言ったり、話が脱線したり、質問に関係のない話を延々とすることもあった。そのようなとき、周りの人は近くにいる私に目配せをして「まりさん、いいのよ。そのままで。私たちはわかっていますから」というサインを送ってくる。父は必死に話をしているんだ。同じことを繰り返すのも、それを一番伝えたいと思っているからなのかもしれない。しかし、ときどき自分が何を話しているかわからなくなってしまい、グルグルと頭や気持ちが混乱してしまうこともある。そういう父の頑張る姿を応援するのが私の役目なのだが、それが上手くサポートできないことも多かった。やはり周りの方々に、ただ見守るだけではなく、ときには話を少し先に進めてもらったり、助け舟を出していただくのをお願いすることも大切なことではないかと思うようになった。上手な聴き手のサポートをいただくと、父は安心して自分を表現して、豊かな感性を持って人に言葉を伝えることができていたからだ。

　父は認知症の人に対して「待つ」ことが大事と教えてくれたが、その上で優しい気持ちで一緒に動くことも大切だと実感した。生活についても同じで、いつも混乱しているわけではなく、認知症になる前と変わらず、とても良い状態のときもある。逆に落ち込むときもある。また、高齢だからウトウトしたいときも、ボーッとしているときもある。ほっといてほしいときもある。それは私たちと同じなのだ。認知症は特別な状態ではなく、誰もが通る道であることを、父は日々私たちに伝えてくれている。

　今を大切に生きること。精神的に生きがいを感じること。父はどんな生きがいを持ってこれから生活していくのだろう。私も自分の生活を振り返りながら、父とまたいろいろ話がしたくなった。昔のように相談に乗ってもらおうと思う。

　私のスマートフォンの中には、この数年の間に父と一緒に出かけたときの写真がたくさん入っている。父がすぐ忘れてしまうので、後で印刷して渡すことが目的だった。

そうすれば時間が経っても思い出してもらって話ができると思っていた。写真を見ると、不思議とそのときの会話の内容や情景を思い出す。

認知症になっても見える景色は変わらないと言っていた父だが、私自身は認知症が少しずつ進行していく父とどんなふうに接し、どんな景色を見ていたのだろう。父の心の中は、いろいろな変化があっただろう。そして私の心にも父に対していろいろな揺れがあった。それを振り返りつつ、写真を添えて文章を残していこうと思った。ちょうどそのような時期に、父の60年に渡る日記帳や雑記帳を実家で目にした。なにかスピリチュアルなものを感じて父に相談して許しを得、その日記とコラボレーションさせて本にできたらと思ったのがこの本の始まりだ。

父に出版の話をしたら「それは良いね！」と目を輝かせた。母に伝えると「こんな本、誰が読むの?」とコロコロ笑った。今を一生懸命に、前向きに生きている父の姿を通じて、読者のみなさまに希望を感じていただければ嬉しく思います。

南髙まり

本書の構成

本書は、父・長谷川和夫の日記、娘・南高まりのエッセイ、編集協力者によるインタビュー、引用・参考文献により構成されています。

長谷川和夫の日記は写真で掲載し、その下に原文通りに文字を起こして入れています。南高まりのエッセイには色を敷いています。本文中の編集協力者によるインタビュー記事は明朝体で記載しています。

目次

はじめに……1

1960年代

1 新年の誓い……14
2 まりー　チョコだよ……18

1970年代

3 父の手……20
4 伊豆の浜辺で……24
5「はしれ　パパ」の手紙……26

1980年代

6 多忙な日々……32

1990年代

7 長谷川式簡易知能評価スケールの改訂……36
8 心は老いるか……39
9 適応薬の登場……42

2000年代

10 家族介護と介護保険制度……45
11 「パーソンセンタードケア」を理念に……46
12 国際アルツハイマー病協会第20回国際会議（京都会議）……49
13 診療で心がけていたこと……53
14 谷川俊太郎さんの詩……56

2015年

15 心身の変調を自覚……58

2017年

16 骨折……60
17 大学病院の食堂で……62
18 大学病院　受診2回目……63
19 日記を再開……65
20 精養軒のナフキン……68
21 デイケア……70
22 川崎市での講演会……73
23 診断……74

2018年

24 89歳のバースデイ……76
25 元気が出ない日……77
26 ピアニスト深沢亮子さんと……79
27 歴史的な会合……80
28 映画鑑賞……81
29 あなたが認知症になったらば本物の研究者だよ……82
30 ラジオ深夜便……83
31 心の振動は共鳴する……86
32 今と昔の回想……88
33 認知症スケールの手引き書……90

2019年

34 母の誕生日……91
35 講演会でシャウト！……93
36 初めての自撮り……96
37 佐藤浩市さんとの対談……98
38 パーソンセンタードケア……100
39 定期診察……102
40 ゴッホは忘れない……104
41 取材……106
42 Farewell 2019 and looking forward 2020……110

2020年

43 初詣……112
44 ホトトギス……114
45 NHKスペシャル……116
46 91歳の誕生日……118
47 理髪店トリム……120
48 誕生日会での決意……122
49 予期せぬショートステイ……124
50 珈琲カムイ……127
51 笑う門には福来る……130
52 遠回り……132

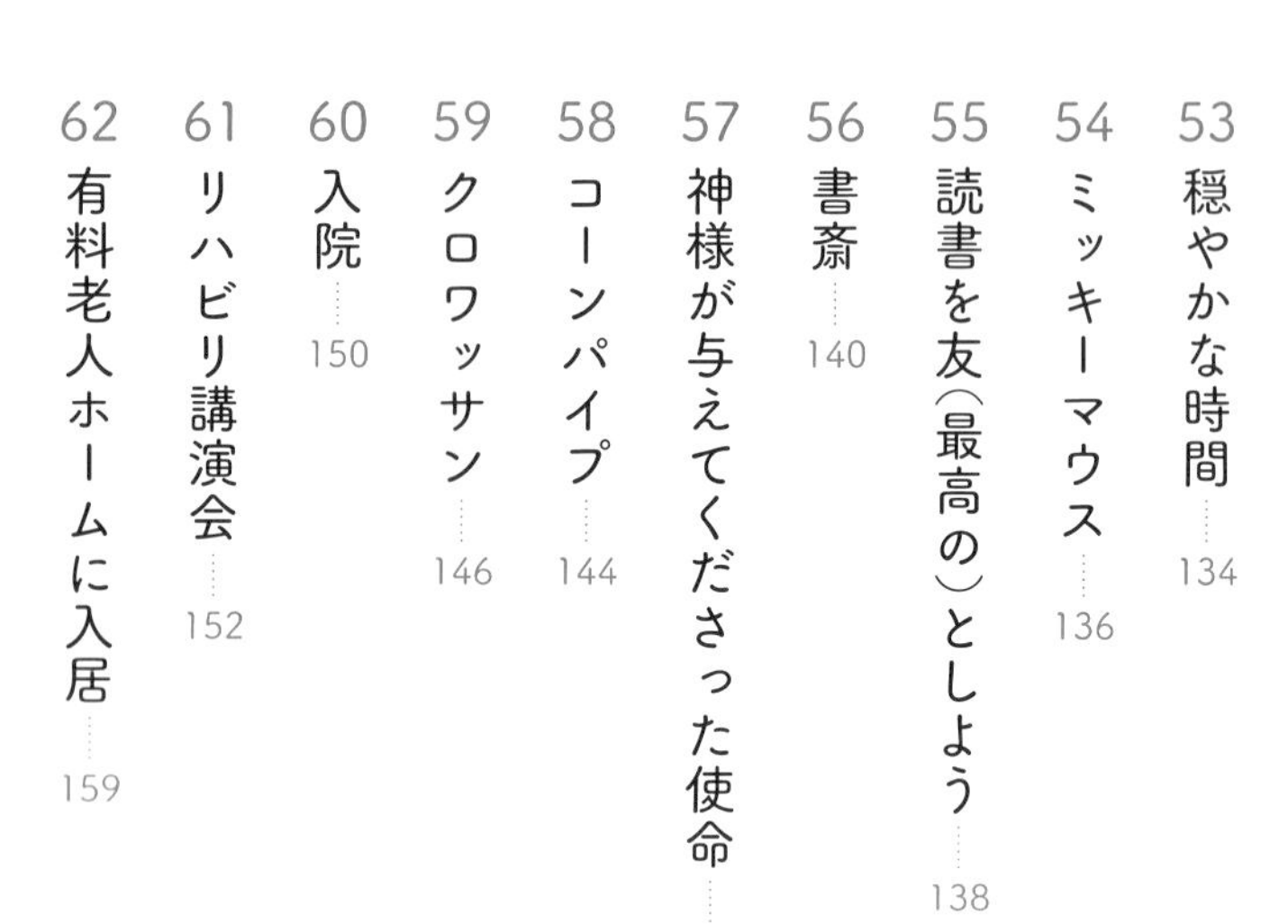
53 穏やかな時間……134
54 ミッキーマウス……136
55 読書を友（最高の）としよう……138
56 書斎……140
57 神様が与えてくださった使命……142
58 コーンパイプ……144
59 クロワッサン……146
60 入院……150
61 リハビリ講演会……152
62 有料老人ホームに入居……159

63 電話のひととき……162
64 絆……164
65 久々の公園……167
おわりに〜これからの父との関係……170
引用・参考文献
著者紹介

1 新年の誓い

新年の言葉

—1960—

1960年1月1日
昨日の三一日　第九をラヂオできいた。いつも乍(なが)らすばらしいと思った。毎日を完全にのびのびと生きる事。自分が、このために生れているといった様な生き甲斐を感ずる様な生活を送りたいもの。

もっと寛く、高きに眼をあげて一歩一歩ふみしめて生きよう。

本年はいよいよ瑞子との二人の生活を樹立する。

祈る気持ちで一杯だ。

力一杯努力せよ !!

新年の言葉

—1961—

新年らしくない新年をサンフランシスコで迎える。
瑞子は日本の両親のもとで迎えた。元気で二人とも
各々の道を離れていても一緒にむかえることが出来た。
龍となれ　雲自からきたらん　という言葉を胸に深く
ひめて今年も力一杯努力する。そして瑞子とのスィート
ホームを一日も早くつくりたい。自分の学問の道における
精進はいうまでもないことだ。
龍となれ　雲自からきたらん

1961年1月1日
新年らしくない新年をサンフランシスコで迎える。

瑞子は日本の両親のもとで迎えた。元気で二人とも各々の道を離れていても一緒にむかえることが出来た。

龍となれ　雲自からきたらん　という言葉を胸に深くひめて今年も力一杯努力する。そして瑞子とのスィートホームを一日も早くつくりたい。自分の学問の道における精進はいうまでもないことだ。

龍となれ　雲自からきたらん

父と母の出会い

父と母の出会いは教会学校です。父は東京慈恵会医科大学（以下、慈恵医大）の学生、母はまだ小学6年生でした。歳は九つ離れていて、教会の日曜学校では先生と生徒という間柄でした。

1953年に慈恵医大を卒業した父は、インターンとして1年の研修を終え、同大学の精神神経科教室に入り精神科医として歩み始めました。

1956年9月から1年半アメリカに留学し、一度帰国して、1960年に2度目のアメリカ留学をしています。最初の留学について、このように振り返っています。

言葉のバリアは常にあっても、次第に慣れてくると自信が生まれてきました。このことは、後に国際交流の舞台に立つときの基礎になっていると思います。また、精神科医としてのキャリアの初期に、東西の精神療法のメッカである東京慈恵会医科大学と聖エリザベス病院で学んだことは貴重な経験だったと思います。

（引用・参考文献1より）

両親は1960年3月に結婚しました。この年、父は二度目の留学が決まり、9月に渡米することになりました。当時は脳波学の勉強はアメリカでしかできなかったのです。母は大学生だったので卒業を待ってアメリカにいる父を追いかけて行ったそうです。経済的に厳しい状況だったため、父は貨物船で渡航したのですが、見送りに来た人たちは無事に着くか心配したようです。母が後に渡航したときも同様に貨物船で10日間かかりましたが、船はずいぶん揺れたようです。

父はこの頃から変わっていないと思います。「生きがいを感じながら生きたい！」という気持ちは、認知症になっても変わりません。「ぼくの生きがいはなんだろう」と最近も日記に記していました。

1965年8月24日

2 まりー　チョコだよ

1965年の父の日記。偶然見つけた「まりー　チョコだよ」の文字が目に飛び込んできた。当時私は3歳。ドイツの学会に出席している父が、私にチョコレートを送ってくれたことが書かれている。それを見たとき、なんだかくすぐったいように嬉しくて、チョコレートをもらった記憶はまったくないけれど、父の気持ちとチョコの甘さが一緒になって、今頃「ありがとね」と言いたくなってしまった。

今でも父と私はチョコレートが大好

きなのだが、2人に共通しているのは外国のオシャレな高級チョコレートより、国産の板チョコが一番美味しいと思っていること。コンビニでよくこげ茶の包み紙の板チョコを買って、父にプレゼントしている。そんなところが似ているなんて面白いなと思う。

1970年

3 父の手

父の手はいつも温かくて大きかった。

3人きょうだいの年長の私は、弟が生まれると、みんなから注目されることが少なくなって、この頃ちょっとひがんだりしていた。当時の母は、父の留守が多くて、近所に住む祖母の協力は少しあったものの、3人の子育ては大変だったと思う。そんな時期に、私は父と一緒に歩くとき、手をギュッと握ってもらえると嬉しかった。

今は父の足腰が弱くなって、散歩のときに私の方から手を差し出して父の手をギュッと握る。すると父もギュッとする。その力は昔のままで、今も力強くて温かい。私が子どもの頃に感じたように、父は嬉しいとは思わないかもしれないけれど。

父と母も最近、写真を撮るとき何気なく手をつないでいるときがある。ギュッとしてお互いに安心する気持ちになるんだろうな、と微笑ましく思う。

恩師・新福尚武先生との出遭い

1962年に帰国した父は、慈恵医大に戻り、助手として教職に就くことになりました。そして1966年に生涯を決定する恩師、新福尚武先生と出遭います。

1966年、老年精神医学の先駆者として有名な新福尚武教授が、鳥取大学から慈恵医大に赴任されました。慈恵医大の精神科教室に新しい時代がひらかれつつあるのだという確かな感じをもって先生をお迎えしました。

ことに私が新福先生に教えられたことは、臨床の事実や現象に対して、本質的に大切なものは何かということを実に明快に指摘されたことです。日常の診療場面や抄読会のなかなどで直接、先生から指導を受けたことは、非常に重要であったと思います。

1967年には、新福先生の一言がきっかけで、「長谷川式簡易知能評価スケール」の開発に取り組みました。新福先生との出遭いはまさに私の生涯を決定する出遭いになったのです。

（引用・参考文献1より）

家族思いの父

アメリカに留学したり、帰国してからも海外に行くことが多かった父は、日本語が少し変でした。それにオーバージェスチャーになっていました。

こんなこともありました。朝早くにみんなを起こして「デニーズに行こう！　パンケーキを食べに行こう！」と言うのです。アメリカ式の朝食が懐かしくなったのでしょうか。父はしつこく顔を近づけて起こしに来るので、眠かったのですが一緒にデニーズに行きました。父としては、忙しくて夜に一緒にいられない分を埋め合わせようとしていたのかもしれません。

また、父はクラシック音楽が好きで、ハチャトゥリアン作曲の「剣の舞」をかけて、リビングで私たちと一緒にユーモラスに踊った思い出もあります。楽しい時間を一生懸命つくろうとしてくれていました。

1974年

4 伊豆の浜辺で

　この頃は、長谷川式簡易知能評価スケールを発表し、海外出張も多く忙しい時期だったと思う。夜、自宅に東京慈恵会医科大学の先生方が集まって、父が楽しそうに話し込んでいたのを憶えている。

　写真は、新宿からロマンスカーで伊豆の海に遊びに連れて行ってもらったときの物。短い時間だったけれど家族の時間を一生懸命持とうとしていたのかもしれない。この頃の父はパイプがお気に入りだった。

　当時のことを母にたずねると、1泊旅行にも仕事の原稿を持ってきたり、翌日お昼頃には「さあ帰ろう」となって、落ち着かなかったようだ。

　小さい頃、明け方に目が覚めると、隣の部屋からカタカタと父がタイプライターを打つ音が聞こえていた。その音を聞くと父がいるんだと安心して、また眠りについた。

1975年10月

5「はしれ　パパ」の手紙

父は海外出張で飛行機に乗ることがとても多かった。アメリカからやっと帰国したと思ったら、2日後にはもうヨーロッパの学会へということもあった。

飛行機に乗ったことがなかった私は、あの鉄の塊が何百人も乗せて空を飛ぶことを想像すると怖くて、いつか父の乗った飛行機が落ちてしまうのではないかと心配でたまらなかった。父が発(た)つと、その夜は「どうか無事に……」と布団に入る前にお祈りをしていた。また、何時間も飛行機に乗るのはとても退屈だろうと思って、よく手紙を書いて渡していた。

長い年月が経ってそんなことも忘れてしまっていたが、2006年9月、私宛てに父から手紙が届いた。「1975年、約30年前に僕がアメリカに出張するときに、君が書いたものです」と、私が書いた手紙を送ってくれた。恥ずかしい反面、当時、父を応援していた気持ちを思い出した。

がんばれ　パパ
まけるな　パパ
くじけるな　パパ
やりとおせ　パパ
はしれ　パパ
パパ

とにかく　からだに　気をつけて
がんばって下さい♪
おみやげ　おねがいね〜
まりより

１９７０年代の父

１９７３年に聖マリアンナ医科大学の教授に就任して、日本が活動の拠点になってからも、父はよく海外に行っていました。74年に学会で発表した長谷川式簡易知能評価スケール（ＨＤＳ）を開発したきっかけは、新福先生の一言でした。

東京都内の老人福祉施設にどれくらい精神医療を必要とする利用者がおられるのかを調査することになりました。調査の下準備をしているときに新福先生から、「長谷川君、君の痴呆の診断について、認知機能がどの時点に下ってきたときに痴呆とするか、君の見立てのブレをなくすために〝ものさし〟をつくったらどうか？」と言われました。まったくその通りだと考え、私はスケールの開発に乗り出したのです。

東京都内の老人福祉施設と老人病院の高齢者を対象にして、個別面接調査を実施して、精神保健の視点からの調査を行いました。この調査のために、私は土、日も利用して都内の老人施設を訪れたものです。中央線に乗って八王子近くの駅からさらにタクシーに乗って、山梨県境の老人ホームまで行きました。そこでご夫婦で利用されている高齢者や、入居してから結婚された方にもお目にかかり、暮らしを支え合って生きていく方の姿を拝見しました。こうした高齢者の姿にふれることは、老年精神医療の道を歩み始めたばかりの私にとって、貴重な経験になりました。
スケールの名称を決めるとき、協同研究者で心理士の井上勝也氏と守屋國光氏から「長谷川式」にしてはどうかと提案がありました。もし、この提案がなければ、ひょっとしたら「長谷川式」と呼ばれることはなかったかもしれません。

（引用・参考文献1、3より）

この頃、父と一緒に遊びに行った記憶がありません。でも、よく相談相手になってくれました。思春期の頃も、「ちょっと話してもいい？」と父に訊くと、「いいよー」と言って、2階の和室で時間をとって相談に乗ってくれました。「こんなことがあったんだけど、どう思う？」などと話しているうちに、落ち着いてきました。「君はそのままでいいよ。何もしなくても、今のままでいいんだよ」と、自己肯定感を高めてくれるのです。
父の後輩の先生方から、「長谷川先生ってほめるのが上手ですよね。ご家族にもそうなんですか？」と訊かれたことがありますが、家族にもそうでした。「いいねー」「頑張ってるねー」と、いつもほめてくれる父でした。

78年の私の誕生日も父は海外にいて、犬の絵が描かれたバースデイカードを贈ってくれました。誕生日なのに「SORRY」と印刷されていて「まにあはなくてすみません。この犬もあやまっています」と書いてあります。日付を見ると、5月8日の私の誕生日です。届くときには誕生日を過ぎてしまうから、このカードを選んでくれたのでしょう。

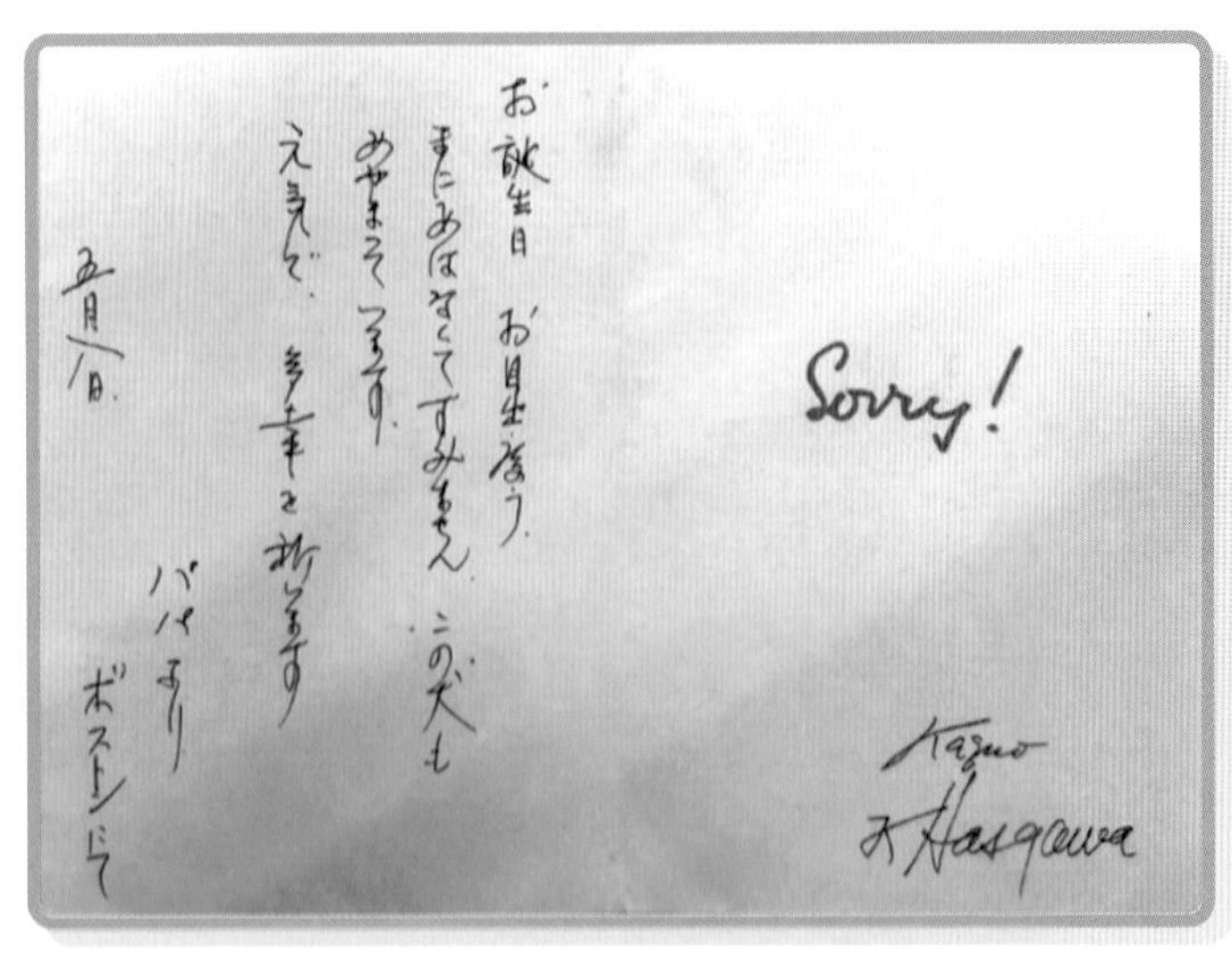

お誕生日　お目出度う
まにあはなくてすみません　この犬も
あやまっています
元気で　多幸を祈ります
パパより
ボストンにて
五月一日

Sorry!

Kazuo
K. Hasgawa

1983年、1989年

6 多忙な日々

3月　ジュネーブ
5月　北京
7月　ニューヨーク
8月　シアトル
12月　ベルリン
世界中を飛び回り、国際会議で座長をすることもしばしばあった。

1980年代の父

１９８０年代は父が仕事の上では一番ピリピリしていた頃です。妹とよくこの頃の話をしますが、父が白いワイシャツを着て、カフスボタンを留めたりしている姿から緊張感が伝わってきて、話しかけられなかったと言っていました。母も、父の体調をきちんと整えて送り出さなければと気が張っていたようです。当時は携帯もパソコンもない時代です。家の電話に仕事関係の連絡がしょっちゅう入ってきて、家族がその電話を受けることもあったので、余計に緊張が伝わりやすかったのかもしれません。

聖マリアンナ医科大学は新設の大学だったので、自分が引っ張っていくんだ、と気合が入っていたと後々言っていました。

水曜会を振り返って

聖マリアンナ医科大学に赴任して10年目の83年には、日本で初めて認知症の患者さんとそのご家族を対象にしたデイケアを大学病院でスタートさせました。「水曜会」と名付けたこのデイケアは、１９９６年まで続けられました。後に父は水曜会について、次のように振り返っています。

私がデイケアでもっとも良かったと思うことは、認知症の人とご家族に人と人との絆をつくったことかと思います。認知症になると著しい記憶の低下や認知障害のために自分と物、自分と場所、自分と他者との関係性が損なわれてしまいます。そこで介護者がご本人の心をおしはかって、言葉や理屈ではなく、和やかなフィーリングや温かい微笑みを表現することで絆というか関係性をつくることが、認知症の人に安心感を与え、居場所をみつけるきっかけになります。また、ご家族同士もお互いの苦しい体験を共有して、助言し合ったり、励まし合うことで強い絆が育まれました。ご家族でなければできない介護があることを学ばせていただきました。

（引用・参考文献1より）

国際老年精神医学会を日本で開催

89年には第4回国際老年精神医学会を父が大会長として日本で開催したのですが、これが相当大変だったようです。そもそも、日本で開催することが決まったとき、受け皿となる学術組織がなく、それをつくるところから取り組まなければなりませんでした。

第4回国際老年精神医学会での一幕。海外の有名な学者や教授が多数参加した。

開催の1年前から準備に取りかかりました。今と違ってメールで簡単にやり取りもできない時代ですし、各方面との調整には苦労したのではないでしょうか。資金集めもあり、まさに東奔西走。

最近になって、「国際会議ってどうだった？ やっぱり大変だったの？」と訊いてみたら、「大変だったよー。みんなお金のことばっかりなんだよ」といきいきした表情で話してくれました。

7 長谷川式簡易知能評価スケールの改訂

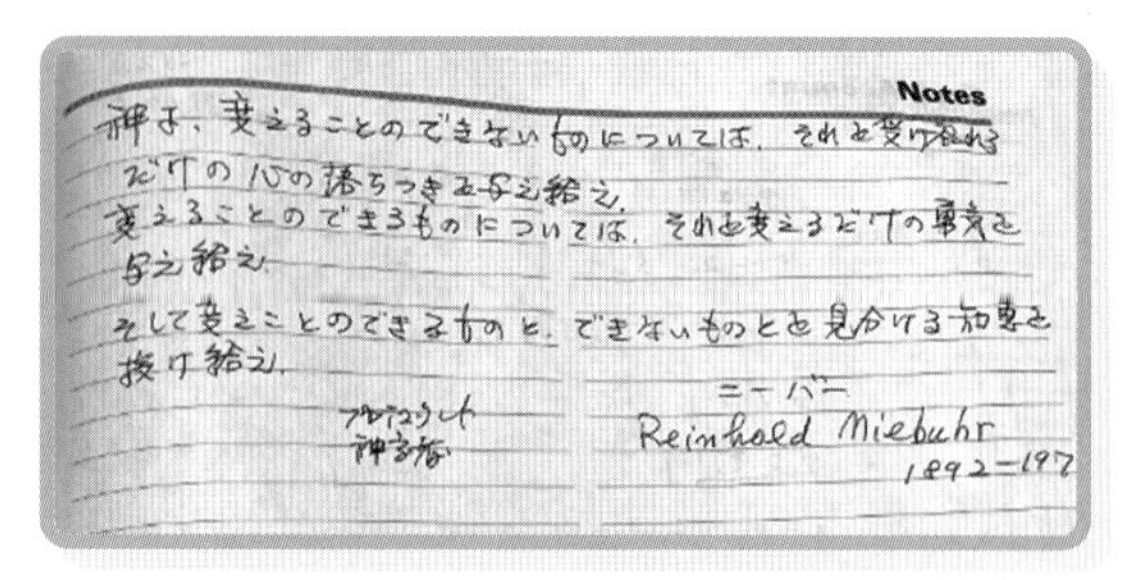

神よ、変えることのできないものについては、それを受け容れるだけの心の落ち着きを与え給え。
変えることのできるものについては、それを変えるだけの勇気を与え給え。
そして変えることのできるものと、できないものとを見分ける知恵を授け給え。

プロテスタント神学者

ニーバー　Reinhold Niebuhr 1892-1971

ＨＤＳの改訂と治験

１９９１年には改訂長谷川式簡易知能評価スケール（ＨＤＳ－Ｒ）を発表しました。時代の変化とともに不適切になった項目もあり、協同研究者の加藤伸司先生から、変えてはどうかと打診されたことがきっかけです。偶然かもしれませんが、「変えないほうがいいものもあるけど、変えたほうがいいものもある」という趣旨の記述が日記にあります。

ＨＤＳ－Ｒを用いて検査をする心得を、父は次のように説いています。

専門職がＨＤＳ－Ｒを使う場合は、仕事という日常性のなかで行うわけですが、質問を受ける方々にとっては、検査されること自体が普段の生活とは異なる、非日常性を体験することになります。ですから、検査に際しては、温かい配慮が大切です。①お願いするというスタンスで行う、②各設問が持つ意味を理解する、③設問は適切な聞き方をする、④結果をケアに役立てる、ということが大切です。

（引用・参考文献１より）

この年の日記に、恩師の新福尚武先生からのハガキが挟まっていました。「HDS－Rは確かに良くなっています」という言葉を寄せてくださったことが嬉しくて、とっておいたのでしょう。父にとって、新福先生の存在はとても大きいのです。物事の本質をとらえることの大切さを教わったと言っていました。当時は診療時間が短いなかで患者さんが本当に言いたいことは何だろうと考えていたようです。

新福尚武先生のハガキ。中段下に「HDS－Rは確かに良くなっています」とある。

1992年

8 心は老いるか

私は父の著作すべてに目を通してきたわけではありませんが、1992年に出版した『心は老いるか』（読売新聞社）という本がとても強く印象に残っています。それは、末尾に収録されているヘルマン・ホイヴェルスの「最上のわざ」という詩（『人生の秋に』（春秋社）に収録）が目に飛び込んできたからです。

この詩のことは、最近になって父とも話題にしました。当時の父はまだ60代前半だったのに、この詩にあるような人生の終わりを意識していたのです。私も当時の父の年齢に近くなり、この詩を繰り返し読んで、父がこの詩に心を動かされた当時を想像しました。父自身は忙しく、充実している時期だったはずなのに、こういう詩に心を動かされ、寄り添う気持ちになれていたことはすごいなと思うのです。この詩では、高齢になっていろいろなことができなくなっても、祈ることはできると書かれています。しかし父は、現実的な条件が整っていないと祈ることもできないのではないかと考えていたようです。

最上のわざ　Hermann Heuvers

この世の最上のわざは何？
楽しい心で年をとり、
働きたいけれども休み、
しゃべりたいけれども黙り、
失望しそうなときに希望し、
従順に、平静に、おのれの十字架をになう。

若者が元気いっぱいで神の道を歩むのを見ても、ねたまず、
人のために働くよりも、
謙虚に人の世話になり、
弱って、もはや人のために役だたずとも、
親切で柔和であること。

老いの重荷は神の賜物、
古びた心に、これで最後のみがきをかける。
まことのふるさとへ行くために。
おのれをこの世につなぐくさりを少しずつはずしていくのは、
真にえらい仕事。
こうして何もできなくなれば、
それを謙虚に承諾するのだ。

神は最後にいちばんよい仕事を残してくださる。
それは祈りだ。
手は何もできない。
けれども最後まで合掌できる。
愛するすべての人のうえに、神の恵みを求めるために。

すべてをなし終えたら、
臨終の床に神の声をきくだろう。
「来よ、わが友よ、われなんじを見捨てじ」と。

（ヘルマン・ホイヴェルス著、林幹雄・編『人生の秋に——ホイヴェルス随想選集』春秋社より）

この本では神谷美恵子氏の『生きがいについて』（みすず書房）にも触れ、生きがいには「生きがいの対象となるもの」と「生きがいを感じる心」の二通りがあるとし、後者の生きがい感としての生きがいについて深く考えています。老年期の生きがいを重要な心の問題ととらえ、生きがいを持つための前提として社会的な環境の整備が必要だと考えていたのです。そういう現実的な面も重視していました。

9 適応薬の登場

1999年にアリセプト（一般名：ドネペジル塩酸塩）が保険適用されましたが、父は治験の頃から治験統括医師としてかかわっていました。治験成功後も承認されるまでに時間がかかり、エーザイの方々と一緒に奔走していました。当時、アリセプトは日本ではアルツハイマー型認知症に対する唯一の適応薬でした。父はアリセプトの登場を寄り添う医療への第一歩と言っていました。

私が聖マリアンナ医科大学病院の部長として認知症の医療にあたっていた当時は、認知症の適応薬がありませんでした。アルツハイマー型認知症は外来診療ではもっとも多かったにもかかわらず、医師は診断はできても、それから後の治療戦略を持っていない状況でした。患者さんやご家族に対して申し訳なく思い、医師として無力感を体験しました。診断がついても治療手段をもたないことは恥だと思いました。

しかしアリセプトが登場して変わりました。根本治療薬ではありませんが、進行を抑制して認知機能が低下していくカーブを穏やかにできるメリットは大きいと思います。これからは一緒に考えていきますよ、いつでも相談にのりますからね、と言える状況になりました。ただし、認知症という病に対しては、医療だけでなく、安心感を持っていただけるケアと連携していくことが大切なことだと思います。

（引用・参考文献1より）

家族のアイドル、ボナ

この頃、我が家では犬を飼っていました。名前はボナ、ラテン語で「良い（bona）」という意味です。ボナは父が近所のペットショップで見つけて、子犬の頃から育てました。初めは家族全員で世話をする約束だったのに、結局お世話するのは母になり、みんなはかわいがるだけでした。家族みんながボナに癒されました。

自宅の庭で、ボナとリラックスタイム。

10 家族介護と介護保険制度

Monday 27
361-4 Week 52
Holiday (UK, Republic of Ireland, Canada, Australia)

Tuesday 28
362-3 Week 52 PAYE week 39
Holiday (UK, Republic of Ireland, Canada, Australia)

家族介護

日本の家族形態は1960年代以降急速に変化した。98年の1世帯当たりの人数は2.8人までにおちこむ。夫婦に子1人という構成さえ保てない。3世代同居家族も11.5%。家族介護が生まれるのは国民の間では望ましいとしてはいるが、介護や子育てといった家族機能は著しく低下している。家族介護は虐待という現象をおこしている。これは“一生懸命おせわしたい”という気持ちと“思う様にいかない”という現実とのgapが根底にあるからだ。介ゴ保険制度は福祉に対する国民意識を変える上で大きなイミをもっている。それは介護serviceという給付には必ず負担が伴うという事。福祉はタダ→痛みをともなう。市町村が保険者になった。

11「パーソンセンタードケア」を理念に

2001年に認知症介護の専門職を育成する「高齢者痴呆介護研究・研修センター」（当時）が設立され、父は初代東京センター長に就くことになりました。

父はセンターを立ち上げる際に、理念が必要だと考えました。そこで理念を探し求めていたときに、丸善の洋書コーナーで偶然目に飛び込んできたのがトム・キットウッドのパーソンセンタードケアの本でした。そこに"the person comes first"と書いてあるのを見て「これだ！」と感じ、「パーソンセンタードケア（その人を中心としたケア）」を理念にしたそうです。父には、そういうスピリチュアルな、霊的なものを信じているところがあります。パーソンセンタードケアという理念を持てたことは、父にとってとても大きなことだったのだと思います。

センター長とはいえ、父にとってはケアの領域も、福祉の世界もすべて初めてのことで、次第に自分の認知症についてのとらえ方が変わっていったと言っています。

センターにかかわり始めてから、認知症の医療について私自身の取り組みが変わってきました。それまではキッドウッドが指摘しているように「認知症」の人であったのが、認知症の「人」と、当事者（人）をより大きくとらえることを心がけるようになりました。治す医療を目指すにしても、ことに認知症の医療の場合には癒しを目指す医療であり、寄り添う医療、ご本人の暮らしを支えようと考える医療が大切であると思うようになりました。

（引用・参考文献1より）

人もほめ、自分もほめる

2000年代は講演が多くあり、この10年だけでも500回以上にのぼりました。地方への出張や小さな講演会でも、みなさんに喜んでいただけることもあって、スケジュールが許す限りお伺いしていました。

父に接した方々からは「長谷川先生はどうして天狗にならないんですか。『実るほど頭を垂れる稲穂かな』を地でいくようですが」と訊かれますが、家では家族にむかって「僕って偉いんだよ」「僕は素晴らしい人なんだよ」と言っていました（笑）。

誰も言ってくれないから、自分で言っていたんだと思いますが。この間も、「瑞子ちゃん、僕みたいな素晴らしい人と結婚できて良かったね」と母に言って、笑われていました。

父は人のことをほめますが、自分のこともよくほめていました。自己肯定感が高く、よく笑う明るい気質は、若い頃にアメリカに行った影響が大きいのだと思います。サンフランシスコの温暖な気候は父に合っていたようで、子どもの頃苦しんでいた喘息も治してしまい、体や心を少し強くしたのかもしれません。当時の友人や先輩、牧師の方などとは、帰国後も交流が続いていました。大学以外でこのようなコミュニティを持てたことは、父にとって貴重な体験になったのではないでしょうか。

2004年10月15日

12 国際アルツハイマー病協会第20回国際会議（京都会議）

15日：今朝、早くから開会式、登録は長蛇の列となり混乱した。河合隼雄氏の高齢者と高齢社会はよかった。接待者の席で初めてお目にかかった。高齢者の約束、この約束というコトバは気にしなさいとかできなくなったこと自体がすばらしいとか、発想の転換である。その人らしさも言ってくれて、僕のケアの基本課題につながった。ランチは弁当。pm 地域町づくりキャンペーンはRoom Dでこれが大盛況。4人の発表もよかった。（要約）

前日の14日から京都入りした国際会議の日記にはびっしりと書き込みがあった。

「痴呆」から「認知症」へ。新しい時代を迎えて

２００４年は認知症の歴史において大きな節目の年でした。まずは国際アルツハイマー病協会第20回国際会議（京都会議）がありました。父は組織委員長を務めました。この会議では、国内外の認知症の当事者の方たちの講演がありました。当事者による発信のリーダー的存在として注目を集めたクリスティーン・ブライデンさんもオーストラリアから来日され、父も話をしたそうです。最近になって、「僕はブライデンさんのたどってきた道をたどっているような気がするよ」と言っています。

日本の当事者も講演をしたのですが、これは初めてのことで、大いに話題を呼びました。これをきっかけに当事者の声に耳を傾けていこうという、大きな流れが生まれたのではないでしょうか。

私が感動したのは、日本からも認知症の当事者として、最終日に大ホールで越智俊二氏がご自身の体験を語られたことでした。ありのままの、生の物語でした。同時通訳をしている女性は声を詰まらせて涙声になりました。参加者も感動の涙です。そして、越智さんの発言が終わると、会場は大きな拍手に包まれ、スタンディングオベー

ションがありました。このような学会でスタンディングオベーションを体験したことは、後にも先にもこの一度きりです。

（引用・参考文献1より）

京都会議では、主催に当たってご家族にも積極的にかかわっていただき、会場にもお招きしたそうです。海外ではご家族を招いているのに、日本でそうしないのはおかしいのではと父は考えたからです。いろいろな意味で、画期的な会議だったのですね。父は当事者の方たちとのかかわりも増えていき、「認知症の人と家族の会」の顧問もさせていただくようになりました。

同年には「痴呆」から「認知症」への名称変更もありました。父は「痴呆に替わる用語に関する検討会」のメンバーになっていました。後に、「認知症」という用語に対する父の思いを書籍のなかで語っています。

私は検討委員会の当初から「認知症」を提案していました。認知症の定義として記憶を含む認知障害が中心であることは指摘されていましたから、認知の働きが病気になった状態として、「認知症」がもっとも適切であると考えていました。主な若手の専門医にも意見を聞いて多くの賛同を得ていましたから、私の考えは終始ブレることはありませんでした。

超高齢化時代になって、認知症は誰にでも起こりえる状態と言えますが、呼びやすく、使われやすい用語になったことは一つの前向きなステップです。これからも認知症の人がその人らしく尊厳性を守られて、地域で暮らし続けられるように私たちも支え合いの努力を継続していきたいと思います。

（引用・参考文献1より）

13 診療で心がけていたこと

父は弟の診療所で、月に2回のペースで認知症の方への診療を再開することになった。診療を終えた後、患者さんの診療結果について、弟と討論することも充実したひとときだと言っていた。

その後、私も受付などの手伝いで診療所に通うようになり、仕事の後、ときどき父と一緒に帰ることがあった。私の自宅とは逆方向だったけれど、池袋に寄って一緒に夕飯を食べたり、母におみやげを買ったりして、楽しい時間を過ごした。

診療の場に戻る

弟は精神科医として、街角のクリニックで診療を行っています。２００６年から数年間、父はその診療所で月に２回ほど診療を行っていました。父は診療で心がけていることとして、次の３点をあげていました。

私自身も高齢になってきましたので、大学病院で部長をしていた頃に比べると、自然に患者さんや家族と同じ高さの目線になって言葉を交わすことができるようになりました。そして、一人ひとりの認知症の方が持つ、ユニークな人間としての存在にふれて感動しています。

診療にあたっては、いくつかの原則を持っています。第1はゆったりとした時の流れのなかで診療を進めること。面接ではご本人の答えが出るまで、しっかり待つことを心がけています。第2の原則は、認知症の方と介護するご家族を一緒に診察すること。ご本人の背後で隠された形で家族と話すことは避けたいのです。第3の原則は告知です。原則としてご本人にも告知します。しかし、初診の当日にストレートに告知することは控えます。

（引用・参考文献1より）

２００９年に父は80歳になりました。認知症介護研究・研修東京センターでは、センター長から名誉センター長になり、週に2回ほど通っていました。今では年に数回しかセンターには行かなくなりましたが、運営部長の小田島明氏、総務課の冨島理恵氏には今でも力になっていただいています。

80代になると、身体的に負担が大きかったようです。午前中に出かけて、午後も別のところに行って夜から講演会に行く。そんなハードスケジュールでしたが、ダブルブッキングしない限り仕事を引き受けていました。しかし、発熱やだるさ、頭が重いなど、体調の悪さを感じていたようです。当時の日記を見ると、やはり体調が良くないといった記述が増えてきました。

私が父の体を心配し始めたのもこの頃です。雪が降り、とても寒い日のこと。弟の診療所からの帰りに、ホームで寒さに震えながら電車を待ち、やっと来た電車に乗ると、父は座ってすぐに目をつぶり、寝てしまいました。身体的に少しきつかったのかもしれません。私がいない日、父は１人で帰れるのだろうかと、不安になりました。

2008年9月5日

14 谷川俊太郎さんの詩

「和夫様　この詩、すてきだと思わない？」

ある日、たまたま朝日新聞に載った谷川俊太郎さんの詩がすてきで、父にファクスで教えた。すると、すぐに電話がかかってきて「素晴らしいね！」と少し興奮した様子だった。父の心にも響いたようで、私も嬉しかったことを憶えている。

後にある記事で、父はこの詩をこう紹介している。


私たちは認知症の方の物語を共感を持って聴くことが非常に大切です。自然に心のなかに生まれてくる内的体験、心の物語を温かく受け止めて支えていくことがケアだと思います。その人らしさを大切にするケアであり、利用者を中心に置くケアにつながります。ことに谷川さんの詩は、何も言う術を持たない認知症の人が心の琴線にふれる体験をされていることをうたったものと思います。そしてそれを感じとる詩人の「ケアする心」に深い感動を覚えました。今日1日、私たちも美しい物語を心のなかに体験したいものですね。

（『ふれあいケア』2008・12より）

キンセン　谷川俊太郎

「キンセンに触れたのよ」
とおばあちゃんは繰り返す
「キンセンって何よ？」と私は訊く
おばあちゃんは答えない
じゃなくて答えられない　ぼけてるから
じゃなくて認知症だから

辞書を引いてみた　金銭じゃなくて琴線だった
心の琴が鳴ったんだ　共鳴したんだ
いつ？　どこで？　何が　誰が触れたの？
おばあちゃんは夢見るようにほほえむだけ

ひとりでご飯が食べられなくなっても
ここがどこだか分からなくなっても
自分の名前を忘れてしまっても
おばあちゃんの心は健在

私には見えないところで
いろんな人たちに会っている
きれいな景色を見ている
思い出の中の音楽を聴いている

朝日新聞2008年９月５日夕刊「谷川俊太郎　９月の詩」に掲載

2015年 10月1日

15 心身の変調を自覚

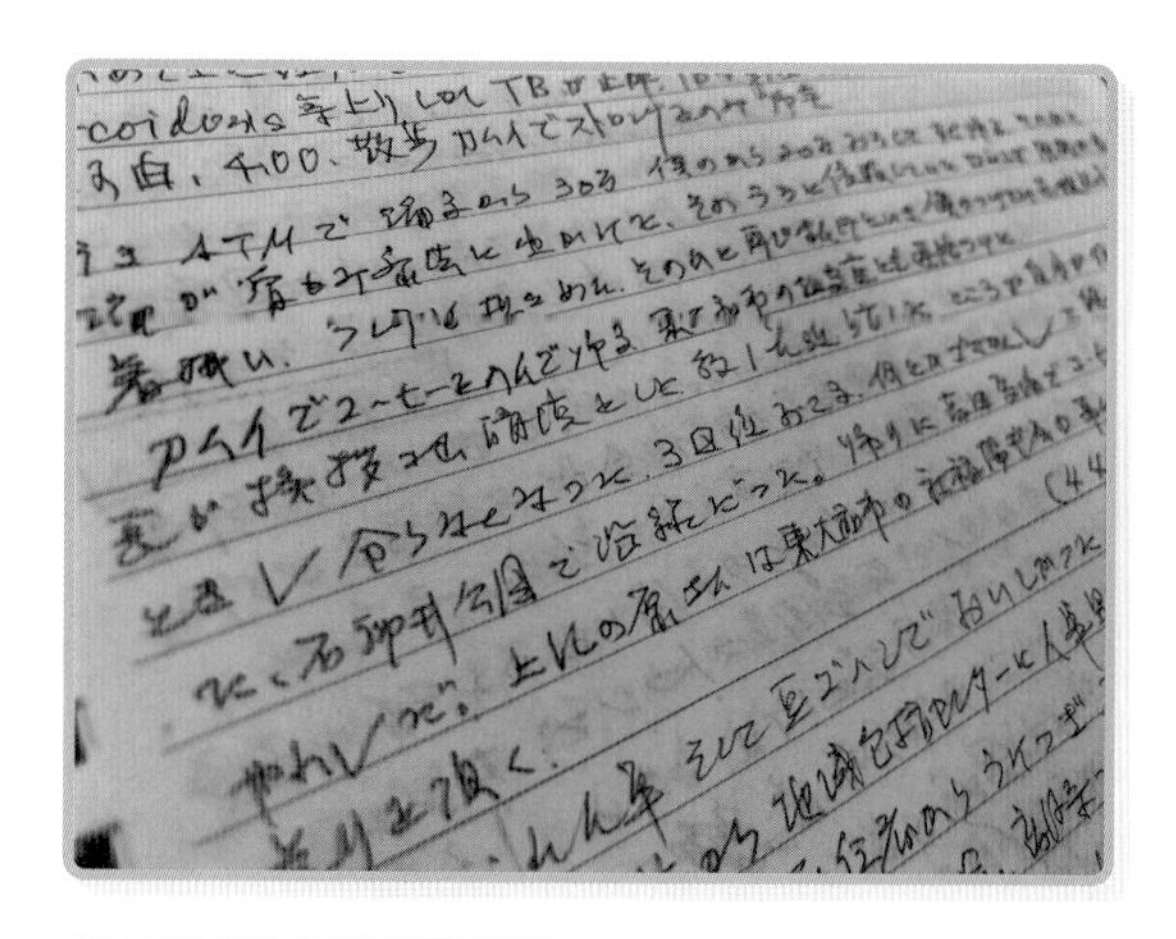

（前略）講演として約１時間くらい話した。ところが自分が何を話すべきかときどき分からなくなった。３回位おきる。何とかゴマかしゴマかして終わった。（後略）

自分が何を話しているのか、わからなくなる

２０１５年頃から、めまいの症状がたびたび出るようになりました。日記には血圧の数値と歩数を必ず記載しています。１人で講演先に向かうとき、電車の乗り場を間違えたり、建物の中でエレベーターの場所がわからず迷ったりすることもあったようです。

この頃、ある講演会で自分が何を話すべきなのかわからなくなってしまったと、日記に記しています。父が自分でおかしいなとはっきり自覚したのがこのときだったかもしれません。

実は当時、もう講演はやめたほうがいいのでは、と周りの先生方から遠回しに言われました。父が過去に積み上げてきたものが崩れてしまわないようにと、気をつかってくださったのかもしれません。その頃から、今後は両親とよく相談しながら父のサポートをしていこうと思うようになりました。

16 骨折

講演先に電車で向かう途中、父は道に迷って焦り、転倒して右肘を粉砕骨折してしまった。このとき父は病院に行かず、遅刻しながらもなんとか会場にたどり着き、骨折していることに気づかれることなく講演をやり遂げたそうだ。

私は粉砕骨折の知らせを電話で受けて「一緒に付いて行けばよかったね。悪かったね。ごめんね」と泣きそうになりながら父に詫びた。「いやいや。何を言うんだよー。心配をかけたねー。1年前にも行った街だったのに新しいビルができてね。景色がガラッと変わっちゃってたんだよ。でも痛みをこらえて、なんとか最後まで講演をしてきたよ」と父。これからは私が全部付いて行こうと誓った。

利き手の右手がしばらく使えず、日記は中断。8月に入って赤い文字で当日のことを振り返っている。

後からわかったことだが、転倒した6月24日を遡ること3日前の日記にも、

Saturday 24
175-190 Week 25 Armed Forces Day (UK)
Midsummer Day (Quarter Day)
sr 4.44, ss 21.22 BST ● New Moon

この日、具体的なくらしの様子は分からない。記憶に残っていない。忘れてしまっている。瑞子が傍にいてくれる事が支えだ。主は何を私に試そうとしているのだろう。

会議のために向かった新宿西口のビル群の辺りで迷って大変だったような記述がある。どちらも何度か行ったことがある場所なのに、やっとたどり着いたと。血圧も高めだったようだ。

また、その前後の日には多忙だったのか、頭重感という言葉も出ていて、睡眠薬を寝る前に服用して、翌日フラフラするとも記していた。

17 大学病院の食堂で

大学病院の整形外科での精密検査に付き添った。待合室はたくさんの人であふれかえっている。「もうお迎えがくるよ。消えてしまいたいよ」「みんなに迷惑をかけるね。早く死んだ方がいいね、僕は……」と後ろ向きな言葉が続く。ここまで落ち込んで、元気を失った父は初めてかもしれない。

それでも検査が終わり病院の食堂に入ると、不慣れな左手を使って頑張ってお昼ご飯を食べていた。

2017年7月21日

18 大学病院　受診2回目

今日も大学病院の待合室はギッシリだった。今回は妹と2人で付き添う。父は車椅子だったので壁際に椅子を付けて待つが、つまらなそうに目を閉じていることが多くて、妹と私は近くのベンチでペラペラおしゃべりをしていた。

名前を呼ばれて診察室へ。先生に対すると父は少しシャキッとして「先生のお名前は？」とたずねる。右腕の粉砕骨折の手術をするか否かを相談するが、父は「今の痛みと手術による痛み。両方ともはキツイから自然にまかせたい」とはっきり発言する。先生もきちんと父に向き合って「それでいきましょう」と了解してくださり、父も嬉しそうだった。その後「先生のお名前は？」と再度質問していたが、先生は丁寧に答えてくださった。

診察の後、また病院の食堂で3人でランチをした。妹は明るく楽しい話をいつもしてくれるので、父も前回より楽しそう。手術をしないですみそうでホッとしたのかもしれないけれど。

身体が回復してくると気持ちもそれに追いつこうとしているようで、そんな父の表情を見て「良かったね」と妹と胸をなでおろすような気持ちで帰宅した。

19 日記を再開

Sunday 9
190-175 Week 27
4th Sunday after Trinity
○ Full Moon

August

日野原先生が逝去され media は毎日の様に特集をくんでいる。サリン中毒の人を助け、聖ロカ病院を栄光にかざった。しかし、自ら死ぬときは自宅にもどって堂々と一人で逝った。すごい偉人だ。彼を目ざす人として歩みたいものだ。

右手が使えるようになった8月、日付を遡って日記を再開している。不自由な右肘を嘆き、本を読むことだけが楽しみになっていたようだ。また、自分のことをアルツハイマー型認知症だと認識して、アリセプトも服用していた。

この頃、よく仕事でお世話になっていた聖路加国際病院の日野原重明先生が逝去された。父は「彼を目ざす人として歩みたいものだ」と日記に記している。

nday
8 Week 26 **26**

122
72
63

血圧は測定している。しかし記録はない。右ヒジの粉砕骨折もあるからなお。そして85才以上の人晩節のアルツハイマーも少しづつ進行している。洋がアリセプトをもってきてそれとなく診てくれているのがありがたい。

Tuesday
178-187 Week 26 **27**

上記の記述とほぼ同じ状態だ。やれやれ。ただ確かなことは今までの自からの生きてきた歴史はユニークで現在は未来を作る事になるだろうということだ。少くとも生きている期間は、人との絆を作ってゆき、何かのお役に立つ事を目指したい。その事は死を迎えるときまでつづけたい。

Saturday　July 1
182-183 Week 26
Canada Day (Canada)
sr 4.48, ss 21.21 BST ☽ First Quarter

Sunday 2

とにかく不自由な右うでのフンサイ骨折のため何となくころび易くなって了（しま）った。そのため気軽に外出する気がおこらない。閉そく感が一日つづく事になる。しかし、本等をよむのはハカドル。夏目の“それから”をよみ了（おわ）る。彼の文章は美しい。そして気品がある。大切な重い idea を語っている。瑞が支えてくれている事がありがたい。
一日一日がくれていく。もう天に帰る日も近いなと感じる。

Thursday
187-178 Week 27 PAYE week 14

85才以降は晩節なのだ。実はこの晩節こそ人間として完成していく重要な時期なのだ。私はその一人だ。どうしてすごすか、そして、どの様にして死を迎えるかを考えたい。他の人ではなく、自分しかできない事なのだ。

2017年8月17日

20 精養軒のナフキン

右腕を粉砕骨折して以来、出かけづらくなっていたが久しぶりに車で外出。上野で美術館と食事を楽しむことができた。この頃、父は自分の認知症をアルツハイマー型だと思っていて、アリセプトを服用していた。この日のランチでも父は「絵もこれが見納めだね。もう来られないね」と少しさみしそうに言っていた。

認知症の進行に加えて、骨折のため遠出ができなくなり、筋力も少し弱って自信がなさそうに見えた。それでも笑顔が穏やかでやさしく、久々の外食をとても喜んだ。

後からわかったことだけれど、この日の父の日記にはランチをした「精養軒」のナフキンがそっと挟まっていた。家までポケットに入れて大事に持って帰ってきたのかしら。名物のハヤシライスが美味しかったのかな。

2017
August
Monday
14
Tuesday
15
Wednesday
16
2017
August
Thursday
17
Friday
18
Saturday
19
Sunday
Seiyoken

2017年9月

21 デイケア

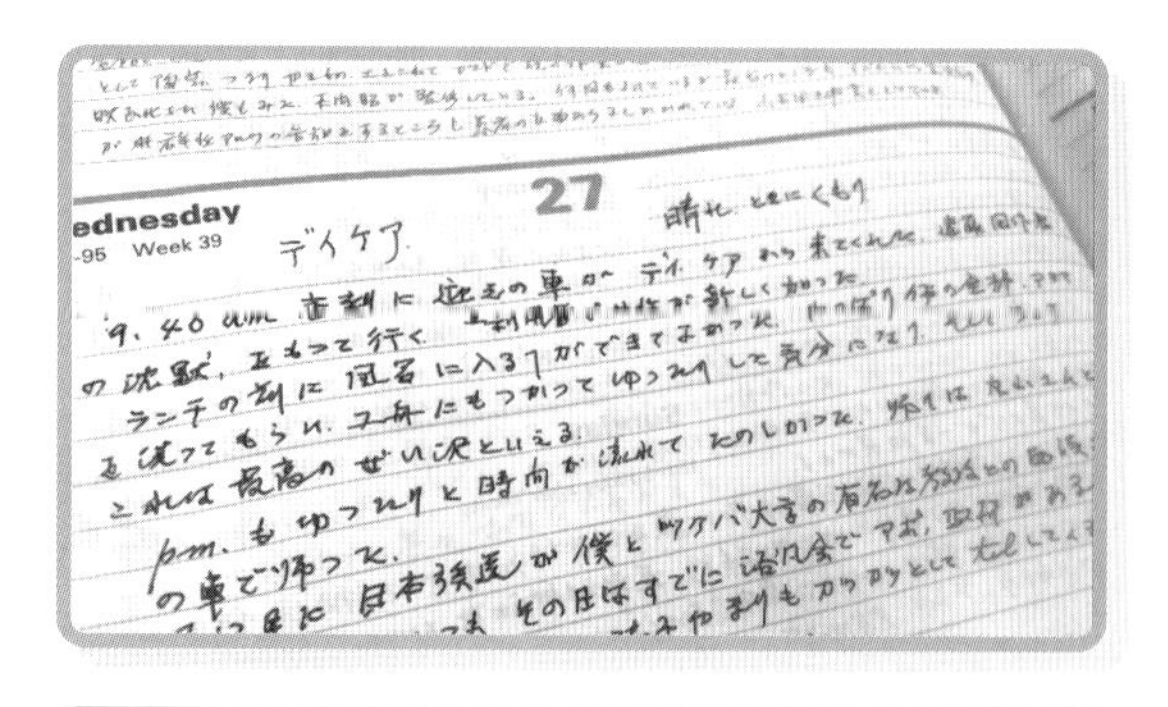

デイケア　晴れときにくもり
9：40am 定刻に迎えの車がデイケアから来てくれた。遠藤周作著の沈黙をもって行く。利用者で女性が新しく加わった。
ランチの前に風呂に入る事ができてよかった。やっぱり体の全部、アタマを洗ってもらい、ユ舟にもつかってゆったりした気分になり、そしてランチ、これは最高のぜい沢といえる。
pm もゆったりと時間が流れてたのしかった。帰りは丸山さんと一緒の車で帰った。（後略）

デイケアを利用して

骨折のリハビリを兼ねて、父は８月からデイケアを利用し始めました。最初は母の負担が減るのはいいねと前向きで、王侯貴族のようにお風呂に入れてもらったとか、食事も美味しい、ゲームもやってみるとなかなか楽しいなんていうことを日記にも書いていましたが、骨折から回復して自分でできることが増えてくると、参加を渋るようになりました。本はデイケアに行かなくても自宅で読めますし、コーヒーも行きつけの喫茶店に行くのが楽しみでした。デイケアにいると、自分は一人ぼっちで、時間がもったいないと感じるようでした。

実は、父は初めてデイケアに行ったとき、自分の著作を手に持って行ったようです。どういう気持ちで持っていったのかわかりませんが、もしかしたら自己紹介のように、これまでどういうことをしてきた人間なのかを知ってもらおうと考えたのかもしれません。というのも、遠出が難しくなり、近所の教会に通い始めたとき、その教会では「先生、自己紹介してください」と頼まれて話をする機会をいただけたのです。こんなふうに自分のことを知ってもらう機会がデイケアでもあると期待していたのかもしれません。

デイケアに行きたくない理由をたずねたことがあります。すると父はこう言いました。「デイケアでは利用者一人ひとりがどういう生活をしてきたか、細かく把握してくれている。でも、そんな簡単なものじゃないんだ。人間はもっと複雑な気持ちを持っているんだ。自分でも把握できないことがあるんだから。その日、その日で気分だって違うし。放っておいてもらいたいときだってあるんだよ」。同じ活動でも、楽しく感じられるときもあれば、やりたくないときもあります。だけどデイケアでは、プログラムの流れが決まっていて、パターンにはめられてしまうことへの反発を感じたようでした。

話は飛びますが、私が以前、地域の施設で音楽ボランティアに参加したとき、高齢の参加者のなかに校長先生をされていた方がいらっしゃり、スタッフや利用者さんから「先生」と呼ばれていました。父はデイケアで「長谷川さん」と呼ばれていました。それは普通のことですが、父のこれまでの人生を考えると「長谷川先生」と呼んであげてほしいなと、つい思ってしまいました。

2017年10月9日

22 川崎市での講演会

2017 October
Monday 9
282-83 Week 41
Columbus Day Holiday (USA)
Thanksgiving Day Holiday (Canada)

川崎市診療所協会[注1]主催（斉藤会長）のイベント出席す。150名参加
木代先生ら、かつての医局員も来た。五島シズ氏と２人でSymposium開く。盛会になった。
天気はよくあたたかい日になる。川崎市武蔵小杉で開催されたSymposiumに出席（中略）五島シズも元気だった。Glatt[注2]に行く。僕はそのあと講演した。まえに診療所でもの忘れ外来をしていた頃のスタッフや患者さん、家族etcも出席。最後は記念写真をとったりした。盛会だった。僕にとっても久しぶりの大会で４－５時間やったので自信がついた。（中略）ゆりもまりも心配してくれていたが、無事に終えて皆がホッとした。ありがたいことだ。こういう絆をもっている僕は最高の幸せもの！

注１：正しくは神奈川県精神神経科診療所協会
注２：Glattとはスムーズの意味のドイツ語

2017年10月30日

23 診断

2017 October

Monday 30

303-62 Week 44

Holiday (Republic of Ireland)

今井幸充氏の和光病院
和光市の今井幸充氏のとこでMRIの検査等認知症の診断を求めに行った。瑞子がBegleiter注1。今井はあごひげに白髪をいっぱいたくわえて貫禄があった。心理テスト、MMSEやAdas注2等をうけた。心理士もしっかりした人だった。
MRIで海馬の萎縮があり、大脳皮質は左側が右側に比較して明らかにatrophy注3がみえた。嗜銀性認知症というところにおちつき、Alzheimerではない事が明らかにされた。（後略）

注1：Begleiterとは伴侶の意味のドイツ語

注2：MMSE、Adasとは、ともに認知機能検査の略称

注3：atrophyとは萎縮の意味の英語

診断と新聞報道

２０１７年10月９日に行われた川崎市での講演会で、父は精神科医である弟の診断に基づき1年前からアリセプトを飲んでいることを話しました。講演会で自分が認知症であることを語ったのは、このときが初めてでした。

読売新聞の猪熊律子氏が参加されていて、その場で、取材を申し込まれました。記事が出る前に、もう一度診断をしてもらったほうがいいだろうということになり、父が一番弟子だと思っている和光病院の今井幸充院長にお願いしました。さまざまな検査をした結果、嗜銀顆粒性（しぎんかりゅうせい）認知症と診断されました。

その結果を踏まえた記事が11月16日に読売新聞に出てから、メディアの取材が増えました。カミングアウトして新聞に出ていなかったら、ここまで人との出会いは広がっていなかったことでしょう。多くの取材を受けるのは大変ですが、メディアの方が発信してくれるから自分のメッセージが伝わるのだと、父は以前からお一人おひとりとの出会いを大切に考えていました。

2018年2月5日

24 89歳のバースデイ

My Birthday Week

My Birthday. 89才になった。すごいなぁーと自分でも思う。ずい分寒い季節に生まれたものだ。89才とは自分でも驚くほどだが、晩年期の嗜銀顆粒性認知症をもったのだ。えらいコッチャと思う。“運命と邂逅”[注]のなかでものべているが、ただひたすらにその日その日を一生懸命、一所懸命にやってきた結果こうなった。だから、これからもこの生き方をすすめば、何か社会のため、他者のために有用な仕事をする事にはげんでいれば、いい死に方が出来るだろうと思っているが、どうだろう。ただ危険に出会うことも多くなるし、つまづく石も多いから楽観はできない。夕食は豚肉を焼いて汁につけて赤ワインで仕上げげた。よく食べ、そしてよく眠る習慣はほぼ板についた。きっと死ぬときもglatt にいく事になると思う。父なる神に祈る！

注：運命と邂逅とは、長谷川先生が米寿の記念にぱーそん書房から発行した小冊子

2018年3月1日

25 元気が出ない日

この日は認知症介護研究・研修センターで、いくつかの取材を受けることになっていた。「認知症と診断されてショックですか？」「最初に気づいたのはいつ頃ですか？」「なぜ認知症を公表したのですか？」いつもだいたい同じような質問が続く。

午前の取材を終え、お昼を食べに食堂へ行く途中、池の前で立ち止まって亀をぼんやり見つめる。「亀は万年生きるって。長生きだね」「そうね」なんだか寂しそうで元気がない。午後も同じ質問かなぁ。私まで憂鬱（ゆううつ）になってきた。「認知症を公表されましたけど、これからやりたいと思うことはありますか？」「今、臨床の現場に戻れたら患者さんにどんな言葉をかけますか？」こんな質問をしてくれる人が来てくれないかなぁ。でも元気がない日もあるよね。

父は若い頃からよく笑い家族を楽しませてくれたけれど、ときどき精神的に落ち込んで悲観的になることがあった。「辛いことが多い」と口にすることも

あった。今でも電話口で「今日、鬱(うつ)っぽいのよ」と母から言われてしまうことも。決して認知症になったからではないのだ。誰だって気分の波はあるものだ。そんなときはそっとそばにいて、ゆったりとお茶でも一緒に飲めばいいかな。

食堂ではいつもだいたいライスカレー。父は昔からカレーライスと言わず、なぜかライスカレーと言う。「今日は結婚記念日なんでしょ」「そうだった！　忘れたら大変だ！」いつもの笑顔にホッとした。午後も頑張ろう！

26 ピアニスト深沢亮子さんと

私が中学生のときからお世話になっている深沢亮子先生の65周年記念コンサートへ。父が大好きなシューベルトの「鱒（ます）」とモーツァルトの「トルコ行進曲」を楽しむ。

終演後、楽屋に突進して深沢先生と感激の握手。頬が少し赤くなってワクワクした父の表情がすごく印象的だった。

深沢先生もこの写真をご自宅に飾ってくださっていると後からお聞きして、父も喜んでいた。

2018年6月28日

27 歴史的な会合

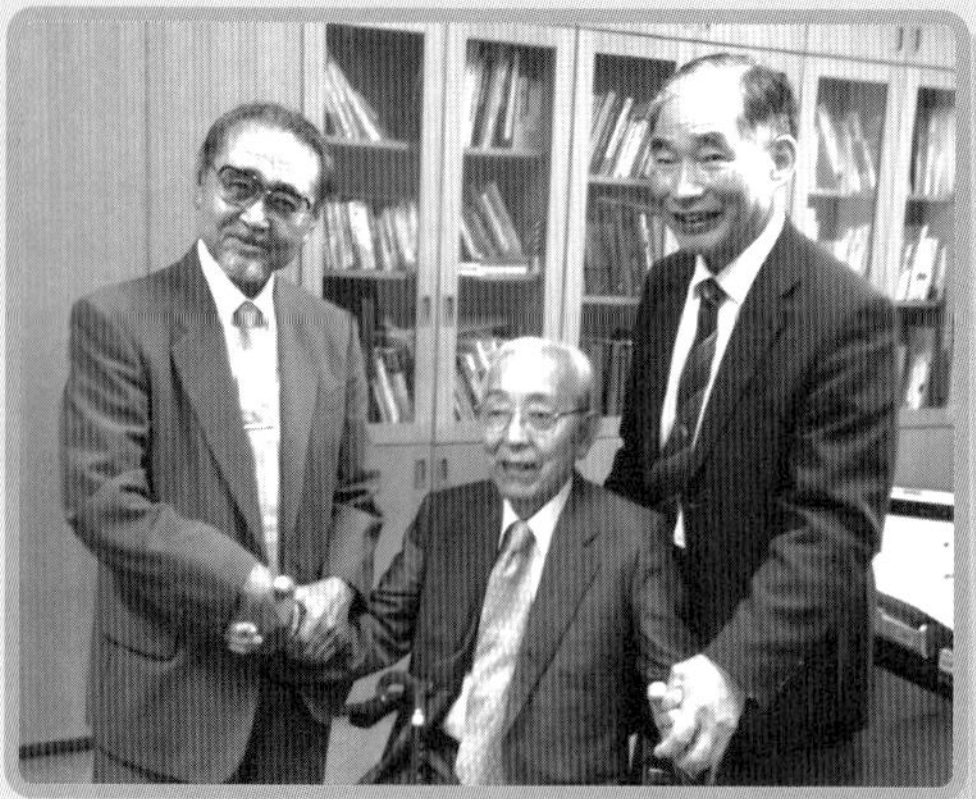

左から井上先生、父、守屋先生。

長谷川式簡易知能評価スケールの協同研究者である井上勝也先生と守屋國光先生が父を訪ねてくださった。3人で話しているときの父はいきいきして、30年くらい若返ったように見えた。

久々の再会がとても嬉しかったようで、父はこの日の日記に「歴史的な会合となる。（中略）慈恵式というのを2人とも反対し、長谷川式とすることにこだわっていた」と、スケールの命名に関するエピソードを記していた。

2018年8月21日

28 映画鑑賞

東武練馬駅にあるイオンシネマに映画を観に行った。映画は父が観たい映画というよりも、2人とも観たい映画を選んでいる。

その後、駅前の「てんや」で小天丼を食べた。「僕は丼ものが大好き。一つのことをとことん突き詰めるのが昔から好きなの。だから丼に集中して食べるんだよね」と日頃よく言っている。

映画とランチはいつもセットで、2人で楽しみにしている。映画の感想も話せるし。何回も同じことを言うこともあるけれども、そこは一番父にとって印象的だったんだな、と伝わってくるから共感できる。

2018年8月30日

29 あなたが認知症になったらば本物の研究者だよ

讀うり新聞で「時代の証言者」という欄があり、編集委員の猪熊律子氏が担当している。この日は新福尚武恩師の指示で長谷川式スケール、HDS-R の開発のいきさつをのべた。当時の都知事は美濃部亮吉氏で、有吉佐和子の小説恍惚の人が爆発的売行きを示し、映画化もされた。

あの頃、地域内での認知症の状態を心理士とペアになって聴診器、血圧計、そしておみやげとしてシーツを一式もって訪問したものだ。あの頃の努力やそして最近は自分自身が嗜銀顆粒性認知症になったりしたが、僕のリレキや歩みに一貫性が出て、明日への plan も次々とうちたてる事が出来たと思う。最終的には自分もなって、カミングアウトにつながったのだ。大先輩聖マリのもと前田理事長があなた（僕の事）が認知症になったらば本物の研究者だよといわれた事を思い出す。

2018年10月16日

30 ラジオ深夜便

「ラジオ深夜便」の収録で、久しぶりに渋谷のNHKに行った。以前にも一度、出演したことがあるようだ。インタビュアーは恩蔵憲一さん。

最近、父は自分が話したことをすぐ忘れて何回も同じ話をしてしまうので、正直心配しながら付いて行ったのだが、始まってみると思ったよりハキハキと話せて楽しそうだった。

聞き手の恩蔵さんは、父の話が横道に逸れても、その話に寄り添いつつ上手に戻してくださる。私も見習わなくてはいけないなぁと思いながらガラス越しの2人の話を聴いていた。

講演におけるサポート

講演や取材などの社会的活動をこのまま続けていいのか、迷いもありました。認知症になってから、一切の社会的活動をやめた方もいると聞きました。娘である私がどこかでストップをかけなければいけないんじゃないかと言われたこともありました。また、後輩の医師から「普通のおじいさんになってゆっくりしてください」と言われ、複雑な気持ちになりました。でも、父を見ていると「もうやめようね」とは言えませんでした。もし今後症状が進んでも、自分の姿から学んでほしいと父自身が思っているのなら、続けさせてあげたいと母も言っていました。本人が「やりたい！」「これから面白くなるよ！」と主張しているのです。

父の講演会に付き添い始めた頃、話が横道にそれたりすると、声をかけることがありました。講演の時間は限られていますし、父には言いたいことがあるはずなので、それをきちんと伝えられるようにサポートしなければと思っていたからです。しかし、戦争の話になると止まりません。父のなかで「戦争」の2文字は外せないからです。「認知症ケアで大切なことは？」と訊かれるとパーソンセンタードケアについて語ることが多かったです。しかし、それが実践できるのは平和があってこそで、だから戦争はしちゃいけない。「戦争になってしまったら認知症ケアなんかできないんだから」と戦争体験の話につながっていくのです。「戦争」「教会」「信仰心」「恩師の新福先生」の話は節目、節目で出てきます。

ときどき父の話が脱線して、私が途中で止めようとして周りを見ると、みなさんは「いいから、いいから。わかっていますよ」と私に目配せします。認知症のために同じ話をするのを受け容れているのだと思いますが、私には父が何を話しているのか迷って困っているように見えることもありました。同じ話を繰り返しするのは、それがもっとも父の言いたいことだからと言う人もいますが、混乱してそうなることもあると思います。父が不安なまま持ち時間が尽きてしまわないように、一番言いたいことを発信してほしいのです。私が唐突に止めようとすると、父は混乱してわからなくなってしまいますが、サポート上手な人にうまく軌道修正してもらえると、「こんなことを考えていたのか」と驚くようなことが引き出せたこともありました。

31 心の振動は共鳴する

久しぶりに父と2人で聖マリアンナ医科大学に出かけた。

認知症の患者さんとそのご家族が毎年秋にコーラスのコンサートを開く。そこでサプライズな出会いがあった。父が聖マリアンナに赴任して、最初の頃に診させていただいた患者さんと再会したのだ。

ご婦人は父の姿を見るなりニコニコして近づいて来てくださって、久々の再会をそれはそれはもうやさしさあふれる笑顔いっぱいで喜んでくださった。父は忘れてしまっていたようだったが、近くで見ていて本当に2人が昔からの友達のようだった。父はこの方を憶えていないはずなのに、心が通じあっているような、なんとも言えない温かい雰囲気を醸し出していた。

人が人を思う温かい気持ちや、それを伝えたいと思う心の振動は、その人を忘れてしまっても伝わるんだと思った。

2018年12月4日、5日

32 今と昔の回想

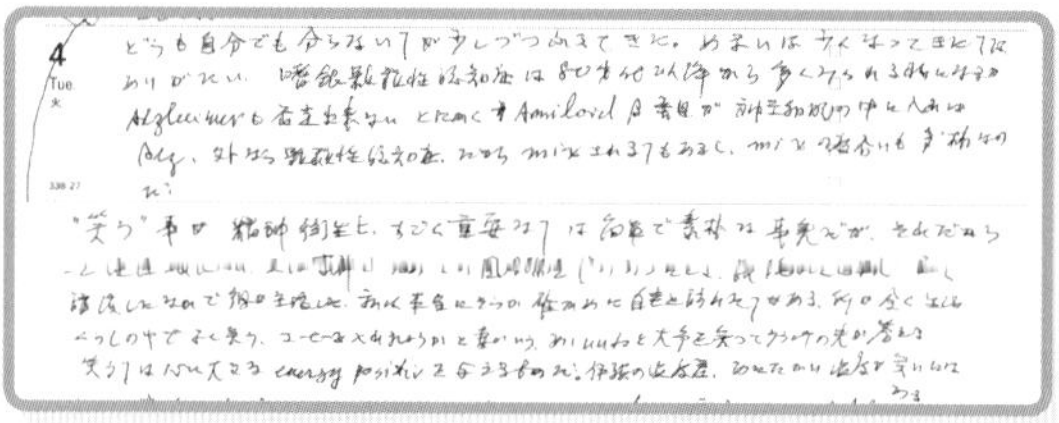

12月4日

どうも自分でも分からない事が少しづつふえてきた。めまいは少なくなってきた事はありがたい。嗜銀顆粒性認知症は80才代以降から多くみられるようになるがAlzheimerも否定出来ない。とにかくAmiloid β蛋白が神経細胞の中に入ればAlz、外なら顆粒性認知症だからmixされる事もあるし、mixの度合いも多様なのだ。

“笑う”事が精神衛生上すごく重要な事は簡単で素朴な事実だが、それだからこそ注目されにくい。元は京都で始めての国際会ギがあったとき、最終日に日本人が立って講演したなかで彼が主張した。私は本当かどうか確かめに自宅を訪れた事がある。所が全く生活、くらしの中でよく笑う。コーヒーを入れましょうかと妻がいう。あ！いいねと大声で笑ってクランケの夫が答える。笑う事は心に大きなenergy positiveを与えるものだ。体験の温度差、あたたかい温度が笑いにはある。

一日一日が貴重な体験をし乍(なが)らすぎてゆく。僕が最初の留学体験（これは何といっても私の大きなステップ、新体験そして持病の喘息がなおった事。挫折体験もあり、やめて日本に帰ろうと思ったとき、研修担当医から、お前はどの人からもclaimはきていないし、言語による人との絆は身ぶり、手ぶりとか全人格かかはって出来るもので言語よりも全体でのnon-verbal communicationが重要だといわれた。これは大きかった。（後略）

2018年12月6日

33 認知症スケールの手引き書

東京駅近くの会議室で仙台の加藤伸司氏等と懇談。長谷川式認知症スケールが正しく行われるための DVD をつくったり、その普及に努めるための企画書づくり。加藤君は立派なヒゲをはやしていた。まりは僕が脱線しそうになり、時間が足りなくなるのを防ぐために努力してくれた。僕が模範的なHDS-R を行うことになったが、さしあたり銀座教会で浴風会の施設に住んでいる女性に協力してもらうことになった。
（日記より）

1991年に発表したHDS-R の共同研究者である加藤伸司氏と久しぶりに再会。この打ち合わせを経て手引き書づくりに取り組み、2020年1月に『「改訂長谷川式簡易知能評価スケール〔HDS-R〕」の手引き』（中央法規出版）を共著で出版した。

2019年4月13日

34 母の誕生日

母の誕生日に実家の近くにあるファミレスで食事をした。その帰りにたまたま通りがかった広場でお花見ができた。父は車を降りて桜の木まで歩き「きれいだ！」と感激して枝に触れていた。

父と母

父と母は、昔からとても仲が良かったです。父が母を怒鳴ったりすることはありませんでしたし、子どもの前では喧嘩もしませんでした。母はやいのやいの言うのですが、父は黙って聞いています。そして我慢ができなくなると、２階にすっと消えるんです。

「２人一緒にいると喧嘩になることもあるけど、絶対に僕が負けるんだ。それが大事なことなんだよ」と言っていました。自分が折れることが大事だ。仲良く暮らしていくコツだよ、と。

理不尽なことがあって私が父に怒りをぶつけると、「そうだよなあ」と気持ちを受け止めてくれた後で、「だけど赦(ゆる)そうよ」と言います。昔からそうでした。

母も父のことを信頼しています。認知症になった今でも、「和夫がこう言っているから」「和大がそうしたいって言っているの」と、父の言うことを尊重しています。父がどういう状態になろうと、変わらず信頼を寄せているのです。

35 講演会でシャウト!

認知症に関連する大きな講演会に父と2人で参加した。父はこの会に毎年招待されている。私は付き添い。

はじめに役職についている方々との会議。かつて父もこの会が始まった年に司会進行を仰せつかったこともあったようだ。

この日も顔見知りの医師がいたが、父に積極的に話しかけてくださる方は少なく、ややポツンとした感じに見えてしまった。それでも隣に座った医師に自分から話しかけて「痴呆から認知症に名称が変わったとき、お世話になりましたね」「先生、よく覚えていてくださいましたね」という会話をして、笑顔になっていた。

その後、大きな会場に移り、認知症の医療をテーマにした講演を傍聴した。その途中で、父が隣にいる私に「僕も発言したいんだけどいいかな?」と言ってきた。私はギョッとして「ダメダメ。今日は聞きに来ただけだからやめて」

と止めたけど、「ひとこと言いたい！」と。私は頭が真っ白になり心臓がバクバクした。

演者の話が終わり、質疑応答の時間があったかどうかあまり記憶がない。突然、父が止める私の手を振りきって高く手を挙げ、「はい！　言わせてください！」と立ち上がり、杖をつきながらどんどん壇上の方向に歩いて行ってしまった。そして舞台のすぐ前にあったスタンドマイクをつかむと壇上に向かい、「私は長谷川和夫といいます！　認知症は暮らしの障害です！　その話が出ていなかった！」などと3分くらいだったかシャウトしてしまった（とてつもなく長く感じた）。声は会場の隅々までよく響き渡り、聴衆は静まりかえっていた。舞台の後ろに大型スクリーンがあって、父の話している姿が大写しになっていた。

聞いていた人は何百人もいたと思う。私は恥ずかしいのとうまく父を止められなかった情けない気持ちとがゴチャゴチャになって、パニックになったが、しばらくすると父が「娘がやめるように言いますので」と言って、やっと出口の方へ向かう。出口の扉を開くと、なぜか拍手してくださる方もいて戸惑ってしまったが、父は発言できて良かったと満足したような表情だった。

「今」しか見えない父のこだわりのようなものが噴き出してしまったのかもしれない。父を責めることはできなかった。父の背中を見ながら、「昔のように発信する機会が会議のときにちょっとでもあったらよかったのかな」とふっと思ってしまった。

迎えの車に父を乗せ、自宅で待つ母に連絡して帰宅予定を知らせた。長い長い1日が終わった……。

2019年7月23日

36 初めての自撮り

比較的涼しい日。上野の国立西洋美術館で松方コレクションの特別展示が開催されていて、父が「行きたい！」と言うので一緒に出かけた。父も私も自分では絵を描けないけれど、観るほうは大好き。

会場は平日で空いていたので、面白がってスマホで自撮りもする。一通りすべて見終わって最初のモネの睡蓮の絵の前に来たとき、「あっ！　モネだね。素晴らしいね」と1時間前に感動した絵を見てまた感動。何回も感動できるのってお得かもしれない。

でも私は「これ、最初に観たのよ」と言ってしまった。「へ？　そうだっけね」と父。それでも、もう1回2人でモネを楽しんだ。

鑑賞後は美術館の喫茶店でモンブランをペロリと平らげる。清々しい1日。

2019年8月21日

37 佐藤浩市さんとの対談

ある広告の企画で、俳優の佐藤浩市さんと対談する機会をいただいた。

父よりも私のほうがワクワクしてしまい、みんなに羨ましがられた。私ときたら情けないことに、お会いした瞬間、緊張でしどろもどろになってしまい30年も前の佐藤さん主演のドラマのタイトルを挙げて「ファンです！」と言うのが精一杯で、穴があったら入りたかった。

それに比べて父は飄々（ひょうひょう）としていて、対談でも佐藤さんに向かって「僕は君のことを知らないんだけど」なんて言ってしまい、私のほうがギョッとしてアタフタしてしまう。父は日本のテレビドラマをほとんど観たことがなく、映画も最近時間ができてやっと行けるようになったくらいで、俳優さんの名前を全然知らないのだ。

対談の後、父は「佐藤さんは認知症のことをよく勉強していて、とても魅力的な俳優さんだね」と言っていた。

後日、佐藤さんの映画を観に行きたいと言って映画館に足を運んだ。父も佐藤さんのファンになったようだった。

38 パーソンセンタードケア

もの忘れだけでなく、身体的には心臓が弱ってサチュレーション（酸素飽和度）の値が低く、めまいを起こすことも増えていたが、父はメディアの取材をできるだけ受けていた。「人様の役に立ちたい」という思いが父にはあるのだ。

取材では「パーソンセンタードケア」について熱弁を振るうことも多かった。その日はトムキッドウッドの本の副題〝the person comes first〟について身を乗り出して訴えていた。私は父の熱い思いをすぐ近くで感じて、「頑張れ、頑張れ！」と心の中で応援していた。

「日本は高齢社会のトップランナー。世界中が注目してるんだよ。どんなケアをしているか。認知症の人が尊厳を持って共に暮らしていける社会をつくっていくためにも、発信していかないとね。今日は良い質問をしてくれて、ありがとう」と、取材に来てくださった方に感謝する気持ちを忘れなかった。

取材でパーソンセンタードケアについて訊かれると、父はこのように語っていました。

「パーソンセンタードケア」とは、その人の立場に立って、その人が一番利益を得るケアということですが、そのためにはその人のことをよく理解しなければなりません。認知症の人にも一人ひとりユニークな個別性があります。独自の内的体験や自分史を持っており、それがその人の尊厳を形づくっているのです。これがパーソンフッドという概念であり、その人らしさを中心に置くケアこそが人の尊厳を支えるケアなのです。

（MIReviewのインタビューより）

父は取材のとき「ところで、今日はおいくらいただけるんですか」なんて、冗談で訊くこともありました。若い頃から日記にその日の支出をきちんとつけておくような人でしたから、まじめに訊いていたのかもしれませんが、そのたびに母に怒られていました（笑）。それでも、時間を差し上げることの価値をきちんと評価してほしいという思いもあったのかもしれません。

39 定期診察

和光病院で1年ぶりに今井先生の診察を受けた。MRIや心理検査に2時間ほどかかり、さすがにグッタリ疲れたようだった。検査の結果、脳の萎縮は少しだけで、昨年とほとんど変わっていなかった。

検査に行く前に、母が「認知症ってわかっているんだから、進行してたら落ち込むでしょ。行かないほうがよくない？」と言った。私が父に「どうする？やめようか？」とたずねると、「いや、全部の検査をしたいよ。だって、もしかしたら良くなってるかもしれないからね」と答えた。

しかし、診察後の会計待ちのときだった。「もう来年は検査を受けないよ。もう嫌だよ」と言い出した。「なんで？　検査が辛いの？」「シーッ、声が大きいよ。聞こえちゃうよ。もうきついよ。それに僕はいろいろ忙しいからさ」「えー！ヒマじゃない」「いいの！」。

今井先生のことは大好きで信頼しているし、また会いたいけれど、長時間の検査はもう終了にしたいようだった。

2019年11月18日

40 ゴッホは忘れない

「永遠の門　ゴッホの見た未来」を鑑賞した。色彩の美しい映画で父もウトウトしたりせずに楽しめて良かったのだが、ラスト10分前になったところで、突然「トイレに行きたくなっちゃった」と小声で話しかけてきた。私はギョッとして「これから、一番良いところなのに」と大ショックだったが、車椅子に父を乗せソロソロと出口に向かった。トイレは長い廊下の先で、とても遠く感じた。待っている間、昨年の今頃も同じようなことがあったことを思い出した。NHKの食堂でオムライスを食べ始めたところでトイレに行きたくなり、済ませて戻ろうとしたら、食事をしていたことを忘れて帰ろうとしたのだ。

「あ〜ぁ、がっかり。きっと映画も忘れて帰っちゃうんだろうな」と思った。すると、用を足した父が「まだ間に合うかもしれないよ。戻ろうよ」と飄々（ひょうひょう）と言うものだから、私は血相を変えて猛スピードで車椅子を押して部屋に戻った。「ラストを観たい！」という気持ちは父よりも強かったかもしれない。ギリギリ

5分前。なんとかエンディングに間に合ってホッとした。
NHKの食堂のオムライスは忘れても、1年経って同じようなシチュエーションでゴッホは忘れなかった！　すごいことじゃないか。
映画の後のランチは偶然にもオムライス。とっても美味しそうに平らげていた。

41 取材

メディアの取材は自宅で受けることもあったので、ときには母も同席することがあった。母はおしゃべりでよく笑うので、雰囲気が明るくなる。すると、父も気持ちがのるようだった。

今日はカタログハウスさんの取材だった。父は取材の終わりに、「いくら自分の思いが強くても、それが人様に伝わらなければなんにもならない。発信してくださるメディアのみなさまのお力をいただけるのは、本当にありがたいことです」とお礼を言っていた。そしてインタビューをしてくれた人に対して「あなたにも生まれたときから、あなたにしかない絆があって、今のあなたがいる。一人ひとり、みんな違う絆を持って生きている。あなたも僕もみんなも、だからこそ尊い存在なんだよね」と熱弁を振るっていた。

高齢になり臨床の現場を離れ、学会や会議などもなくなると、当然のことながら今までに比べて人間関係は狭くなる。たまに大きな認知症の研究会やフォー

ラムに招待され、父に付き添って出かけても、現役の医師たちが積極的に父に話しかけてくれることは少なかった。認知症になってもまだまだ話はできるし、役に立つこともあるかもしれないのに……。私はそのことを少し残念に感じて、父にあるとき「認知症になって人との壁を感じない？辛くない？」と訊いてしまった。「感じるよ。わかってるよ。でも平気なんだ」と父は答えた。

この日の取材で父は「僕は認知症になったでしょ。だからね、『認知症の人と家族の会』の顧問をしているから、（これからも）そこへ行くとみんな僕のことを理解してくれるから『やあ、やあ』って言える。

友達みたいにね。健常な人は認知症の人と話すのが難しいと思うかもしれないけど、僕は自分がそうだから、認知症の人の気持ちがわかった上で話せるし、健常な人とももちろん話せる。認知症のおかげで世界が広がった。だからすごく幸せ」と話していた。

私は、父が認知症になって今まで中心になって活躍していた現場から外れてしまい、寂しいだろうと背中を見て心配していたのだが、逆だった。父は地域でも親しい人ができたり、認知症の当事者や家族会の人とも再会して、世界が拡大したと思っていたのだ。すごいことだなぁと思った。

介護観の変化

最初はヒヤヒヤしながら、父の取材や講演に付いて行きました。変なことを言わないように、何かあったら止めに入ろうと思っていました。あとは、時間が押しそうになったら巻こうとか、あくまでも黒子として取材等をサポートするつもりでした。

ところが、あるとき父の言葉が持つ力に気づいたのです。父にしか言えないような、キラッと光る言葉。その言葉が、相手に温かな温度で伝わっているな、と感じることがよくありました。認知症になっても、こんなふうに伝えることができるんだ、と。

以前はなるべく父が傷つかないようにしたいと考えていました。威厳や尊厳が崩れないようにサポートすることが大事だと思っていたからです。周囲からも、今までの功績を潰さないようにと言われていました。「もう講演はやめたほうがいい」と遠回しに言われたり、認知症になって一切の社会活動から身を引いた方を潔いと思ったこともありました。しかし、父の隣に座る回数が増えるうちに、少しずつ私の考え方も変わっていったのです。今だからこそ発信できる言葉を伝えてほしいと思うようになりました。父の言葉を待って応援してくれる方もいるのですから。

「もう十分伝えられたよ！」と父が今後言うかはわかりませんが、うまくいったり、いかなかったりは、認知症とは関係なくあるはずです。何かアクシデントがあったとしても、それでいいと思えるようになりました。たとえ失敗しても、それ以前に父が一生懸命やってきたことが消えてしまうわけではありませんから。

2019年12月31日

42

Farewell 2019 and looking forward 2020

Farewell 2019 and looking forward 2020
1月中旬には三省堂書店で僕（ボク）の著作の展示 show がある。1月11日頃にはＮＨＫで僕の認知症の仕事の展開が放送される？

僕はボクは pipe を手に入れようと思っている！

僕らしくトコトンやるぞ！！！

ただし最愛の妻、瑞子には充分配慮・愛を捧げる。

瑞子は今日も１日そうじ、台所で働いていた。

来年はもー少し楽になるように！

ありがとう！　今もう12時すぎて1月1日2020年です！　12時15分です。瑞子

２０１９年を振り返って

２０１９年を振り返ると、なつかしい人との再会や新しい出会いに恵まれた１年でした。たくさんの取材を受け、イベントに出席するため、父と一緒にいろいろな場所にお伺いしました。

取材やイベントは約束しても体調の変化で急にキャンセルさせていただく可能性があることを了承してもらった上で受けていましたが、遠方から来られたり、絶対に外したくないイベントもあり、体調管理に気をつけました。父もよく頑張ったと思いますが、母や妹、家族の協力もあって無事にこなすことができました。

認知症があっても人様に思いを伝えようとする父の温度は温かく、穏やかでした。父をそのまま受け容れてくださる聴き手の方からも、やはり温かな温度が父に伝わっていました。このような交流は、父も私もずっとずっと忘れないと思います。

43 初詣

「明けましておめでとう」と部屋に入ると、父はいつもどおり片手を上げて「やあ！」と笑顔で迎えてくれた。母も元気。

今日は穏やかで暖かく、午後は父を散歩に誘ってみた。「車椅子にしようか？」「いや、歩きたいよ」。すぐ近くに住んでいる叔母のところに寄って、氷川神社に初詣に行くことにした。

自宅前を掃き掃除している叔母にバッタリ会う。「クリスチャンなのにお参りはいけないでしょ？」と言われると、父は「いいの。日本では八百万（やおよろず）の神だからね。お参りするんだよ。1億2千万以上の人たちがいるからね。神様も1人じゃ大変だよ」。

参拝客で境内は行列ができていたので並ぶのはあきらめ、脇から2人でそっと参拝した。私もクリスチャンだったなぁ。

帰り道にコンビニに寄って、濃い目のコーヒーを注文。「これ、最近気に入っ

てるの。１００円だよ！」と美味しそうに飲む。自宅から１分のところにコンビニができて、そこによく１人でコーヒーを飲みに行くようになったそうだ。

途中、「今日は何日かな？　２日？　３日？」「１月２日よ。明日が３日」この会話が２、３回あった。

「そうか。２日か。雲一つないね。気持ち良いお正月だね」笑顔になる父。今年も安心して日々を送れますように。

44 ホトトギス

渥美清さん演じる『男はつらいよ』はテレビでときどき観ていたようで、「お帰り 寅さん」をお正月を過ぎたら映画館に観に行こうと約束していた。「寅さんはあったかいね。良い映画だったよ」と感想。

お昼は好物のタンタン麺を食べる。食べ終わると、「次は時代劇が観たいなぁ。僕が生まれた愛知県からさ、3人の武将が出てるでしょ。織田信長、豊臣秀吉、徳川家康。4人目は長谷川和夫！」と得意顔。「なに言ってんのよ！」と私が笑うと、父は続けて話し始めた。

「その武将3人は、九官鳥だっけかな？　後世の人が鳥を使って比喩的に表現したよね」「九官鳥じゃないでしょ。ホトトギス」「あぁ、そうそう。

鳴かぬなら　殺してしまえ　ホトトギス（信長）

鳴かぬなら　鳴かせてみせよう　ホトトギス（秀吉）

鳴かぬなら　鳴くまで待とう　ホトトギス（家康）

だったよね」「そうそう。それで、長谷川和夫さんとしてはどうするの？　ホトトギス」「僕？　そおねぇ、僕は……
鳴かぬなら　なんにもしない　しょうがない（和夫）
かな。何か別のことをするよ」

45 NHKスペシャル

1年半に渡って取材に来てくださったNHKの神悟史さんと加藤弘斗さんが、NHKスペシャルの視聴者から届いた感想を持って訪ねてきてくれた。ありがたいことだ。

父は「良い番組だったよ。ありがとう。あなた方のことを身内のように思っているんだよ」と言っていた。

最初はゴチャゴチャした家の撮影を嫌がっていた母もいつしか打ち解けて、楽しくおしゃべりするようになっていた。

みんなで「賛美歌を歌おう！」と母の伴奏で何曲も歌った。

年末からお正月を振り返って

ＮＨＫスペシャルは父自身も観たのですが、「なかなか良かったよ。良くできてたよ」なんて他人事のように言っていました。父は撮影時から緊張感がなくて、カメラが回っていてもまったく普段どおりでした。

番組では、町内会の講演で、後から歌う予定だった歌を先に歌ってしまったシーンが取り上げられました。まだ歌詞カードを配っていないのに、段取りを全部無視してしまったのです。番狂わせになってしまったと私も主催者の方も焦りました。しかし、後で父に聞くと、「だって、僕の話の前に薬の話とか堅い話をしてたでしょ。だから雰囲気をほぐしたかったの」と父なりに考えてのことだったのです。認知症でなければ、そうしなかったかもしれません。ですが、「認知症だから」で片付けるのではなく、どんな行動や言動にも理由があることを教えられたような気がしました。

46
91歳の誕生日

2月5日は父の誕生日。91歳を迎えた。昨年はちょうどデイケアの日に重なり、家族でお祝いができなくて少しかわいそうだった。なので今年は、当日に直接おめでとうを言いに行かねば、と父に会いに行った。

「誕生日おめでとう！　どんな気分？」「ありがとう。普通だよ。そんなに嬉しい！　ってほどじゃないよ」「そうなの？　普通か……」そういえば私ももうすぐ58歳だけど、「嬉しい！」というのはないな。「普通」かもしれないな。

「でもね。僕、103歳まで生きようと思うの」「え？　そうなの？　すごいね！　何か理由があるの？」「うん！　100歳を超えてみたいと思って」楽しい会話ができて良かった。

2020年2月13日

47 理髪店トリム

父が毎週通っていた理髪店トリム。ご主人とは縁があり、40年以上前に父の当時の仕事場に近い日本橋付近の理髪店でお世話になったことがあった。それからしばらく経って、偶然、自宅に近い駅のそばでお店を開いたご主人と奇跡の再会！ それ以来ずっと通っている。

父が長く歩くことが難しくなると、ご主人は自宅まで父を迎えにきて、車椅子の送迎までかってでてくださった。待ち時間もなく、本当に助かった。

理髪店の椅子は、父がリラックスし、安心でき、ご主人の愉快で軽妙なトークを一緒に楽しめる場所だった。政治、経済、家庭の問題、その他もろもろ話が弾むそうで、仕事では見せなかったお茶目な笑顔が弾ける。ワハハハと大声で爆笑する。

認知症にならなかったら、こんなふうに地域の人たちとやさしい時間を持つことはできなかったかもしれない。

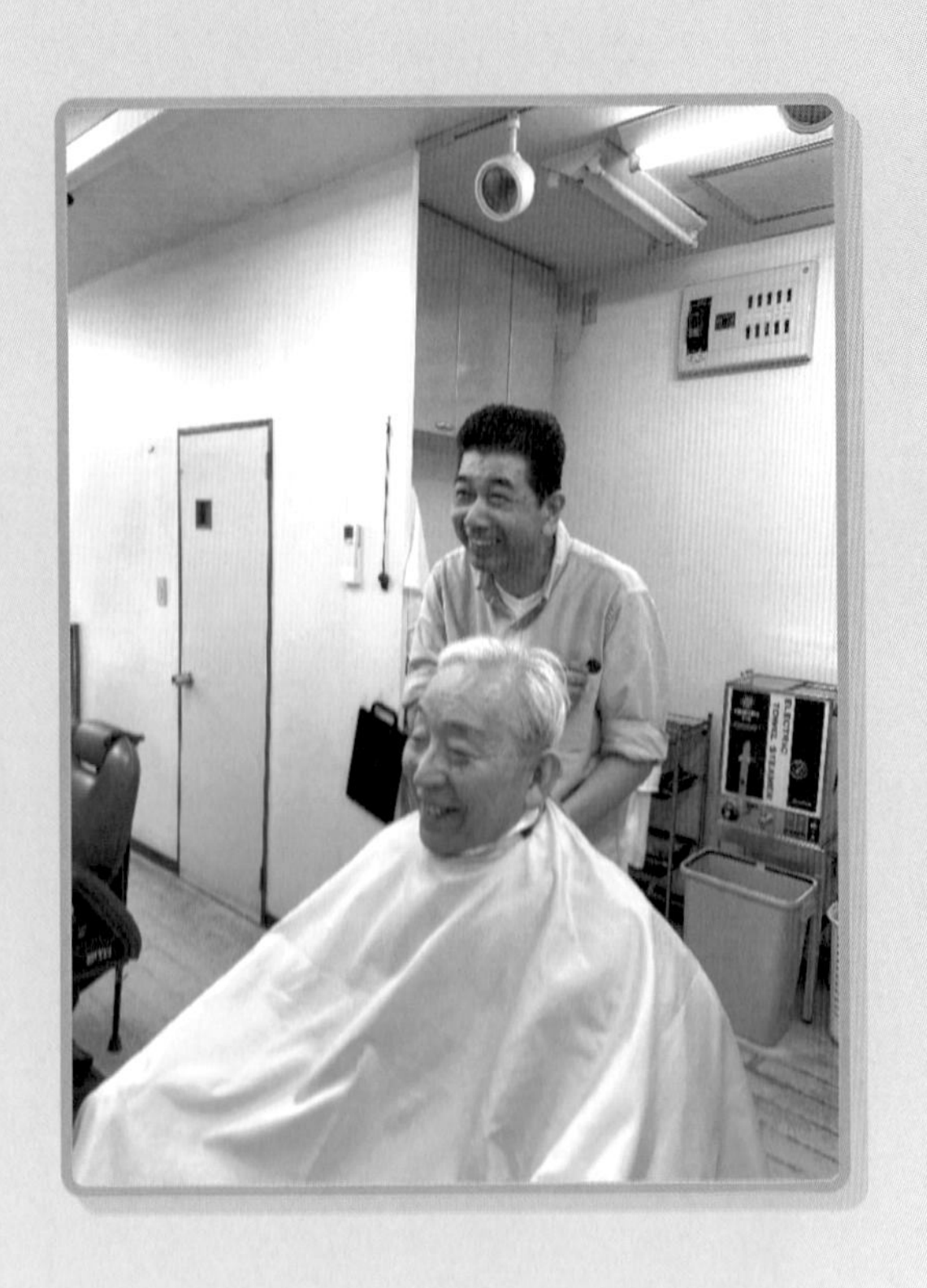
ELECTRIC
TOWEL STEAMER

48 誕生日会での決意

認知症介護研究・研修東京センターで91歳の誕生日会を開くことになった。

この数日前、「今日は（理髪店）トリムに行きたいな」と言う父に、「どうして？」と理由を尋ねると「もうすぐセンターに行くでしょ。みんなに会えるから」と。日にちや予定がわからなくなったと言いつつ、楽しみなことや大切なことはちゃんと心にとまっているんだと嬉しくなった。

パーティでは、これまでお世話になった多くの方や家族に囲まれて上機嫌。スピーチでは「これからも今を大切に一生懸命に生きていく。自分にしかできないことで人様にお役に立てることを死ぬまでやっていきたい」としっかり発信していた。

母に「家では掃除機ひとつかけたことがないんですよ。たまには私の役にも立って、お風呂掃除をしてください」と言われると、「はい！　わかりました！」と答えて、みなさん爆笑していた。

穏やかな冬の日。両親の幸せなひととき。感謝の1日だった。

ライフワークとして思っていることがあるんだ。
息のあるうちは人様のお役に立ちたい。
過去は重要だよ。だけど無くなる。
だから今！　今を一生懸命に生きることが一番大切。
力の限り日々繰り返す。
天狗になってるわけじゃないよ。
僕にしかできない仕事なり！　生きがいなり！
そう思って毎日を繰り返したい。
写真：読売新聞社

49 予期せぬショートステイ

2月23日の日曜日。早朝に父から慌てた様子の電話がかかってきた。「瑞子が狭心症の発作を起こして具合が悪いんだ」

私は妹と連絡を取り合い実家にかけつけた。母は夜中3時に苦しくなったようで、私が着いたときはぐっすり寝ていたが、明け方苦しくなることが毎日続いているというので、家族と相談して救急車で大学病院へ行くことになった。救急隊がドヤドヤと入って来て母が担架で運ばれていく様子を呆然と見ていた父。

幸い入院はせず、検査は翌週することになり、母はすぐ戻ってきたが、入院を想定した私たち姉妹は父を施設に預ける手配をしてしまった。結果、父にショートステイを強いることになってしまった。

翌日、施設にいる父を訪ねた。部屋のドアを開けたら父はニッコリ。「来てくれて嬉しいよ」と、待っていたみたいだった。でも、少し寂しそうな笑顔だった。

昨年、近所の老人ホームにお試しショートステイ体験を2泊3日でしたときは、前もって心の準備ができていた。『妻のトリセツ』（黒川伊保子、講談社）という本を持参して出かけたのだが、今回は有無を言わせず半ば強制的だった。

白い壁の殺風景なきれいすぎる部屋だからか、余計に父の悲しげな表情が目立って気になってしまう。簡易なベッドと硬い椅子。箱の中にいるような気分になる部屋だ。自宅がいつも散らかっているせいか、落ち着かないようだ。「かわいそうなことをしてしまったな」と思った。

最近はあまり文章を書いていなかったけれど、珍しく小さな紙に今の自分の気持ちを書いていた。同じのを2枚書いていて1枚を私に渡してくれるつもりだったようだ。「居心地は悪くないよ」とは言っていたが、やっぱりあのゴチャゴチャした家がいいんだろうな……。

この施設は1階が利用者のための喫茶になっていて、コーヒーを飲みながらおしゃべりすることができた。「明日帰れるからね」「うん。明日ね。ありがとうね」。最後は笑顔になって握手して、私だけ帰宅した。

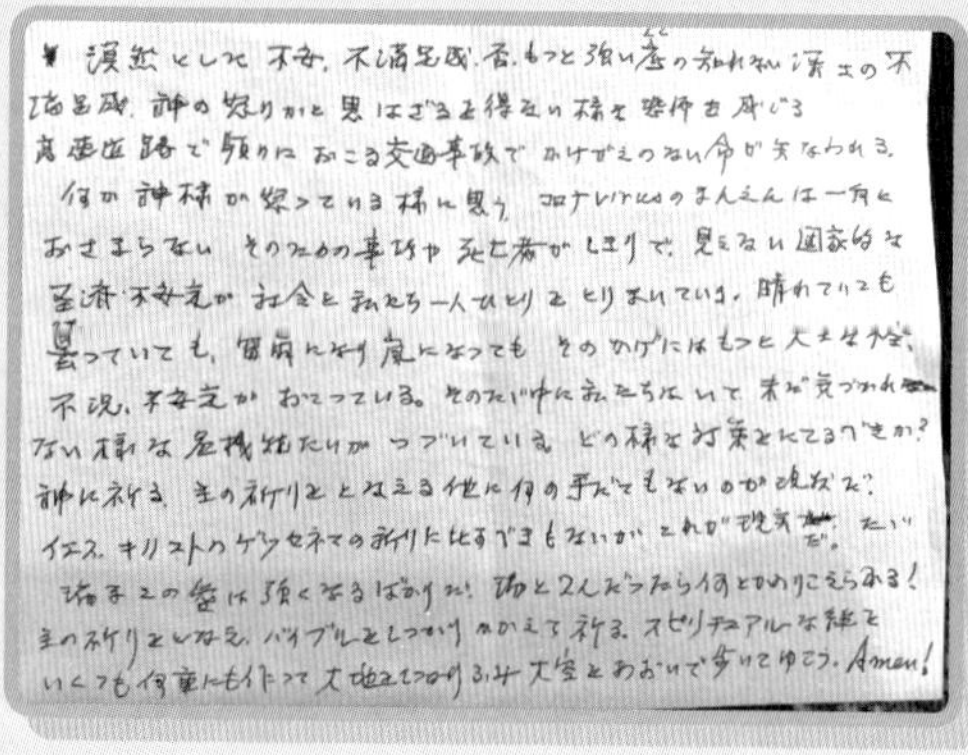

漠然とした不安、不満足感、否、もっと強い底の知れない深さの不満足感。神の怒りかと思はざるを得ない様な恐怖を感じる。高速道路で頻りにおこる交通事故でかけがえのない命が失われる。
何か神様が怒っている様に思う。コロナ virus のまんえんは一向におさまらない。そのための事故や死亡者がしきりで、見えない国家的な経済・不安定が社会と私たち一人ひとりをとりまいている。晴れていても曇っていても、雷雨になり嵐になっても、そのかげにはもっと大きな不全、不況、不安定がおこっている。そのただ中に私たちはいて、未だ気づかれない様な危機状たいがつづいている。どの様な対策をたてるべきか？　神に祈る。主の祈りをとなえる他に何の手だてもないのが現状だ。
イエス・キリストのゲツセマネの祈りに比するべきもないが、これが現実だ。ただ、瑞子への愛は強くなるばかりだ。瑞と2人だったら何とかのりこえられる！　主の祈りをとなえ、バイブルをしっかりかかえて祈る。スピリチュアルな絆をいくつも何重にも作って、大地をしっかりふみ、大空をあおいで歩いてゆこう。Amen ！

2020年3月10日

50 珈琲カムイ

父と何度、珈琲カムイに来ただろう。「カムイ」というお店の名前は「come in」だと思っていたが、そうではなく、アイヌ語で「神様」のことらしい。「ここは僕の避難所。ストロングコーヒーを飲んで、入口の前の景色を眺めていると落ち着くんだよ」といつも話している。私にとってもこの琥珀色の空間とお湯がコポコポとサイフォンから沸き出す音色が心地良くて、つい時間を忘れてしまう。それでよく母から「帰りが遅い！」と怒られてしまうが、ここは父にとって、ちょっと怖いときがある母からの避難所のようだ。そして、なぜかここに来ると、父との会話が自宅にいるときより自然にできる気がする。

「認知症になって、認知症にならないほうが良かったなって思うことある?」「あるよ。しょうがないなぁって思うよ」「そうなんだね」「でもね。僕はまだまだ人様のお役に立ちたいと思ってる」「うん、うん」「最近やりたいと思ってることがあるの。僕が認知症になって今日のように訪ねる場所、珈琲屋さんや床屋さん、いろんなところをね、マップに表示してそれぞれ紹介しようかと思って。地域ケアに役に立つようにね」「いいね！　協力するよ」こんな会話が続いた。

お店を出て1分くらいしたときに父が私に話しかけてきた。「あれ？　今僕はカムイにいたんだっけ？」「うん。今一緒にいたよ」「そうか。良かった」ときどき時間の感覚やちょっと前にいた自分の場所が曖昧になってしまうようだった。それでも父は苦しんでいる感じはなく「今日も楽しかったねー。良かった」と車椅子を押す私に繰り返して、母が待つ家路についた。

2020年3月16日

51 笑う門には福来る

新型コロナウィルス感染症がジワジワと東京に広がっていたこの頃。私も自宅にいることが多くなって、たまたまインターネットで父の記事を見ていたとき「長谷川和夫先生が亡くなりました」という文字を見つけてしまった。

ビックリ仰天して父に電話をすると「えー？　僕死んだの？　ワハハハ！　生きてるよ」と笑う。母も電話口に出てきたが爆笑して「もうすぐ死ぬからいいわよ」といつもの毒舌！

でも、このままにしておくわけにはいかない。急いで記事を削除してもらう手続きをとった。書いた人の思い違いなのか、どこでどうなったのかわからないけれど……。

翌日、父に会いに行くとニコニコして身を乗り出して言う。「でもさ。良いことがあるかもしれないよ。僕は一度死んだんだからさ。きっと良いほうに行くと思うよ」「蘇ったの？　復活かな？」「そうだよ！　ワハハハ！」なんだか前

この日も珈琲カムイでリラックス。

より元気に見えてしまう……。

私は最初、この記事を見て腹が立って仕方なかったのだが、両親が笑い飛ばしてこんなふうだから、なんだかこちらまでおかしくなってきた。"Laugh and grow fat."「笑う門には福来る！」が思い浮かんでしまった。

2020年3月26日

52 遠回り

珈琲カムイの帰り道、普段はあまり通らない路地に入り込んだ。車椅子での散歩は交通量の多い道を避けるので、少し遠回りになったりするけれど、知らない道は楽しい発見もある。

この日も小さな洋菓子屋さんを見つけたので、母にお土産を買っていこうと店をのぞいた。可愛らしいパウンドケーキを選んでいると、店の奥から女性が出てきて声をかけてくださった。「長谷川先生と娘さんですよね？ テレビ観ましたよ。うちの主人もデイケアを利用しています。先生、デイケアをつくってくれてありがとうございます」と父に。そして、店の前で一緒に写真を撮っていただいた。

帰りの道すがら「嬉しいね。この道を通って良かったね。遠回りすると良いことがあるね」「ほんと、ほんと」父も喜んでいた。

クッキー&パウンドケーキ
手づくり屋
worker's collective
まめ
ワーカーズ・コレクティブ

2020年4月3日

53 穏やかな時間

近所の公園で少し時期の遅いお花見をした。父は同じことを何回も言ったり、たずねたりするが、母も最近、私や妹に何度も同じ話を繰り返すことがある。日にちや時間もよく間違える。そういう私も同じ本を間違って2冊買ってしまうことがあった。歳を重ねれば記憶力や判断力は弱ってくるのが自然で、日にちや曜日などたいして重要なことではなくなるのかもしれない。

長谷川式認知症スケールで「今日は何日ですか？」と聞かれて戸惑っている患者さんを目の前にすると、ご家族は大変だろうと思ってしまうこともあったが、今はとても自然に感じる。

両親にとっては、今は時の流れも曖昧で、それはもしかしたら以前より心地良いものなのでは、と思うこともある。実際には困ることもあるし、人様と約束がしづらくなることはあるけれど、そのあたりは家族がサポートできる。

父は私との電話でも「明日は何時頃に来てくれるの？」「お昼過ぎに着くよ」

「お昼だね。楽しみにしてるよ」という会話をよくする。そして1分後に、また「明日は何時に来るの？」「お昼にね」「楽しみだね」。これを何回か繰り返すことがある。このとき「だから」とか「さっき言ったけど」がつい出そうになることが以前はあったが、最近は私が来るのを喜んでくれているんだなと思えて、何回も訊いてくれることを嬉しく感じる。穏やかなやさしい時間を父は与えてくれる。

2020年5月4日

54 ミッキーマウス

新型コロナ感染症が広がり自粛が続くなか、自宅に訪ねてくる人も少なくなっていた。

父は頑張っている医療従事者や介護職のみなさんに向けて、YouTubeに動画を配信してエールを送った。「長谷川和夫節健在！」「元気をもらえた！」などと反響があって父は嬉しそうにしていた。iPad®もスマホも使いこなせず挫折したけれど、YouTuberにはなれた！

この動画を観た聖マリアンナ医科大学の認知症（老年精神疾患）治療研究センターのみなさんから、父に励ましのコメントと写真が送られてきた。以前、同センターの男性看護師さんから「長谷川先生はミッキーマウスみたいな人！」と言われて父は笑っていた。誰からも好かれるミッキーマウスのような存在と思ってくれたのかな。その彼も写真に写っている。熱いパワーが父にも伝わっただろう。

聖マリアンナ医科大学認知症（老年精神疾患）治療研究センターのみなさんから届いた写真。

医療従事者や介護職のみなさんに向けたメッセージ（2020年4月18日撮影）
https://youtu.be/vhuXkgyYN7U

55 読書を友（最高の）としよう

"Books which gave me Happiness & Courage" 父の読書ノートにある一文。父は昔から無類の本好きだった。日記とは別に読書ノートをつくっていて、読み終えるとギッシリ感想を書いていた。

ジャンルは幅広く伊勢物語、平家物語、方丈記から夏目漱石、松本清張、宮部みゆき、又吉直樹まで話題作にも興味津々だった。漫画も好きで、昨年、東海林さだおさんと対談する機会もあって週刊誌で連載しているタンマ君の大ファン。

本屋巡りも好きで、長い時間の歩行が難しくなってからも車椅子で何冊も抱え込んで購入していた。書店は丸善がお気に入り。

少し前にはiPad®で本を読むことに憧れて「電車の中で指でスーッとやってみたいの」と言ってトライしたがうまくいかず、挫折してまた紙の本に戻った。

私とも本の貸し借りをするが「これ、面白かったからぜひ読んでみて！」と父に言われて持ち帰ったのが私の本で大笑いしたこともあった。

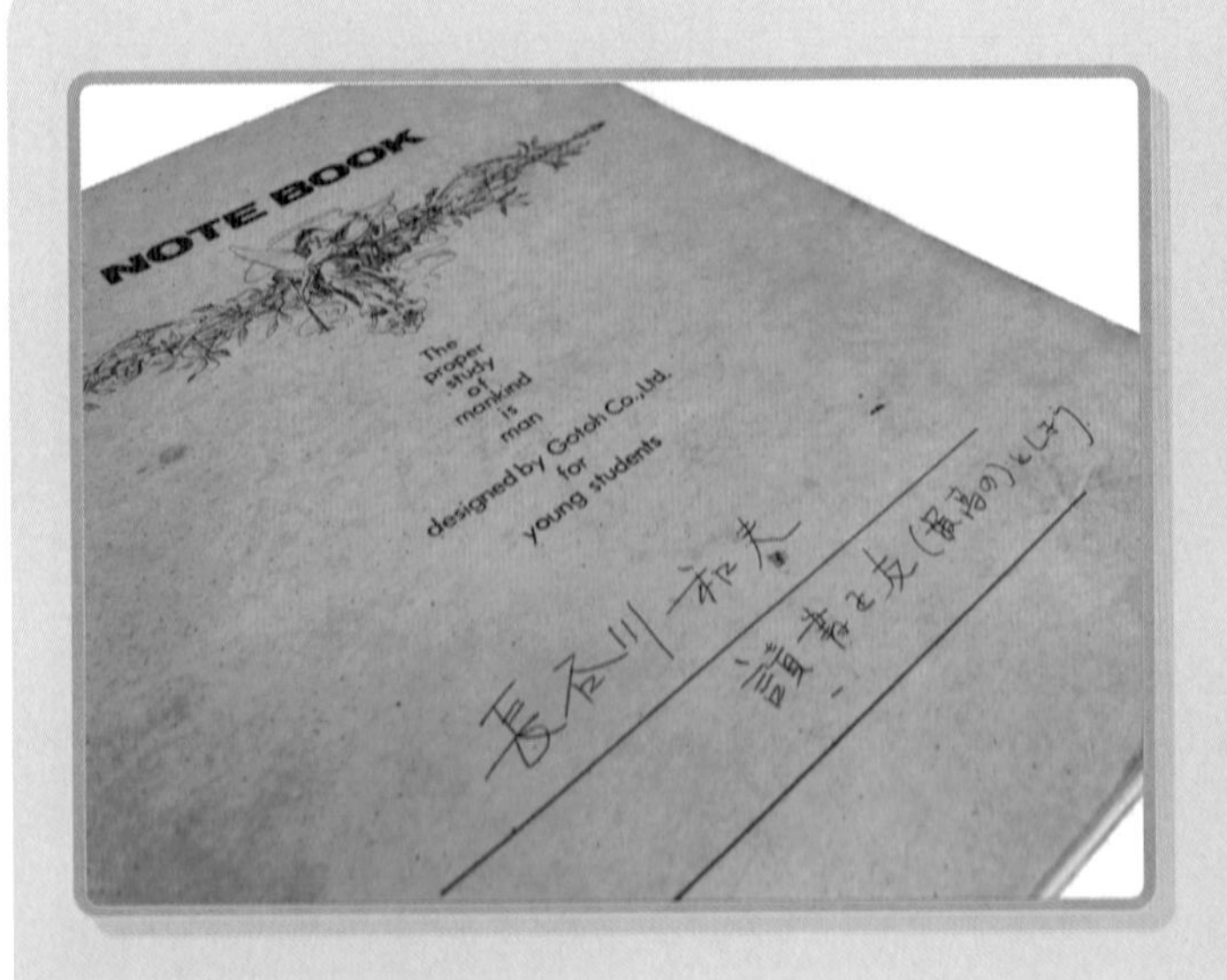

読書は父の最高の友。
認知症に関する書籍
も多く読んでいた。

2020年5月9日

56 書斎

父の大好きな場所、2階の書斎でカメラを向けた。

正面の本棚、地震が来たら死んじゃうよと言って、天井から防災器具をしっかり付けた。子どもの頃、この本棚のなかには有吉佐和子さんの『恍惚の人』やキューブラー・ロスの『死ぬ瞬間』が並んでいて少し怖かった。

この部屋は認知症になったから散らかったわけではなく、昔からゴチャゴチャと本が積み重なっていた。気づかれないのをいいことに、私は自分が読み終わったいらない本や雑誌を父の部屋に放り込んでいた。「いらない物を僕の部屋に入れないでよー」と言われたような気もするけれど……。

今でも「ここは戦場！　ここで自分の考えをまとめたりするんだ」などと揚々（ようよう）と言っているけれど、昔は母に小言を言われたり、都合が悪くなったときはスーッとこの部屋に逃げ込んでいた。それを思い出してちょっと、おかしくなってしまった。

57 神様が与えてくださった使命

新型コロナウィルス感染症のため自粛が続いていた。この頃は隔週で土曜日に実家へ寄って、両親と一緒に散歩をしていたが、対面で長く話せなくなり、ほぼ毎晩電話をかけるようになった。

その夜は某出版社から、精神科医の先生との対談の依頼が来たことを話した。「取材は受けたいね」と父。「でも、今は来てもらうのも、どこかへ行くのもコロナが心配。もう少し控えないと」と私が返すと「そうか……」とションボリした声を出す父に少し話を続けた。「ところでね。私の知り合いから『認知症になると、これまでの人生で嫌だったことは忘れてしまい、良い思い出しか覚えていないようになるというのは本当ですか？』と訊かれたんだけど、どう思う？」

すると父は声を大にして、「それは違うよ！　みんないろいろな思いがある。僕は認知症になっても、（それ以前に）辛かったことや苦しかったことはずっと覚えてる。健康な人と同じだよ」「ご飯食べたかどうかは忘れちゃったりするけど、心にいつまでも抱えていることはあるのかな」「そうだよ。絶対忘れないよ」「じゃあ、そういうことをみんなに発信していかないとね。頑張ろうね」「うん、うん。わかった！」早く取材を受けたい。人様と接したいという気持ちが伝わってくるようなパワー全開の会話になった。

父は自分が認知症になったことを決して喜んではいなかった。今も自分の体や精神がどうなっていくのか不安だと言っている。ただ、認知症になったのには「きっと理由があるに違いない」とも言っている。神様が与えてくださった使命なんだと。だから甘んじてそれを受け容れて、自分が役に立つことをやっていきたいと思っているのだ。今を大事に、未来につながるように、と。

2020年6月9日

58 コーンパイプ

父は40代から50代の頃、自宅で寛いでいるときにパイプを吸うことがあった。子どもだった私がピアノを弾いていると、よくそーっと入ってきてパイプを吸いながら聴いていた。匂いがタバコより甘くキツくて、私はちょっと嫌だったけれど、父には気分転換に良かったんだろう。

いつの間にか吸うのをやめて何十年も経つのに、今になって「パイプ。あのマッカーサーが吸っていたようなコーンパイプ売ってないかな」と言い出した。「どうして今頃になって吸いたいの？」とたずねると、「少しね、毒を入れないとさ。瑞子より先に死にたいからね」と言う。かと思うと「やるぞ！ っていう感じだ。やる気が出るんだよ！」とガッツポーズをする。「矛盾してるね」。母がそれを聞いてあきれたように笑っていた。

しかし、パイプは肺にも悪そうだし、ライターも危ない。そこで私が預かり、実家に持っていったときだけ吸う約束にした。

私が訪ねる前日に、父は必ず電話で「パイプのセット持ってきてくれるよね？」と訊く。「わかってる。持っていきますよ」と私。

自宅に着いて「持ってきたからね」と言うと「ありがとう！」と嬉しそうに受け取ってそこに置くが、少しするとそれを忘れてしまい、また私はそっと持って帰っている。

2020年7月7日

59 クロワッサン

7月4日に父の本の書評が朝日新聞に載った。両親はそれに気づかずに、なくしてしまったと言う。新聞紙をトイレに敷いてしまったのではないの？と私が焦ってトイレに駆け込み、這いつくばって記事を探した（防水マット代わりに新聞紙を敷くことがある）。するとすぐ見つかって、「あった、あった！良かった！」と3人で喜んだ。父は「トイレで見つかるなんて、不思議なことがあるものだねー」などと言って、真剣に書評を読んでいた。

今月は雨続きで、お気に入りの喫茶カムイに車椅子で行くのをあきらめた。代わりにコンビニでコーヒーでも飲んでこようかね、と杖を手にした父と2人で出かけた。その間、母は休めるし……。

「カムイの珈琲の方がずっと美味しいんでしょ？」イートインコーナーで濃い目のボタンを選んで紙コップのコーヒーを飲む父に聞いた。「そんなことないよ。

ここのも美味しいんだよ。でもね、雰囲気がね。それが違うからね」

　コーヒーを飲み終えると「ちょっと雑誌のほう見ていい？」と言って、前に買ったかもしれない雑誌を手に取ろうとする。2冊同じのを買ってしまうという母の言葉を思い出し、「たぶん家にあるかも。明日、新しいのが出るから」と言うと、「そうか」と納得してくれた。

「（店内を）ひと周りしていこうか？瑞子に何か良いものがあるかもしれないから」と言ってキョロキョロする。そして「これでも、買っていこうか」と選んだのはチョコ入りのクロワッサン。母というより自分のお気に入りを選んでいた。コンビニで母に何か良いものをと探す父の後ろ姿を見て涙が出そうになったり、それを忘れて自分の好みのクロワッサンを選んでいる父にクスッとなったり、私の感情も揺れる散歩になった。

地域で暮らすということ

父と母は、55年ほど同じ家で暮らしてきたので、隣近所のお宅にはしょっちゅうお世話になっています。

父は1人で歩けていた頃には毎日のように珈琲カムイに通っていました。理髪店トリムにも頻繁に行っていました。行ったことを忘れてしまうのと、自分の足で歩きたいというのもあるでしょう。本音を言えば、たまには母から逃げて、1人になれる場所がほしいのだと思います。また、母にも1人で休む時間が必要です。

父は現役時代から20年以上カムイに通っています。もともとコーヒーが好きで、このお店の「ストロング」は日記にもよく出てきます。マスターはニコニコしていてやさしい方です。父が1人でいると、段差があるので転ばないように見ていてくれます。

２０１７年に骨折をしてからは、カムイに行くときも、できるだけ誰かが付き添うようにしています。私が一緒に行って話が弾むこともあれば、２人でぼーっとしていることもあります。父を置いて夕ご飯の買い物をすることもありました。

カムイの店主や奥さんは、ＮＨＫの番組で父が「デイケアに行きたくない」と言っているのを観て「こっちのデイのほうが向いてるわよ」と紹介してくれたり、逆にこちらが「カムイ」と出てくる本を見つけて差し上げることもあります。地域の方たちは、みなさん優しく魅力のある方ばかりで、父はお一人おひとりの人生を本にしたいと語っているほどです。

私にとっても、結婚後は実家に来ることはあっても、地域の方たちとふれあう機会はなかったのですが、父に付き添うようになったおかげで、こうして懐かしい方たちとお会いして新しい絆ができました。父のことを、認知症であることも含めてよくわかってくれている方たちがいて、家庭以外に癒しの場所があるのは本当にありがたいことです。

2020年8月3日

60 入院

夏の疲れが出たのか、胃腸炎で脱水症状になってしまい、近くの救急病院に入院することになってしまった。前立腺肥大や心臓の疾患もあり、ゆっくり休んでもらうことにした。

この病院は泌尿器科がなかったので、総合的に診てもらえる浴風会病院に数日後に転院した。

最初の病院ではまだ短時間の面会ができたので、母が面会に行くとすごく嬉しそうで、声は枯れてしまっていたが、早く家に帰りたいと言っていた。

お気に入りだった自宅の書斎。しかし、当分この場所には戻れないことになってしまった。

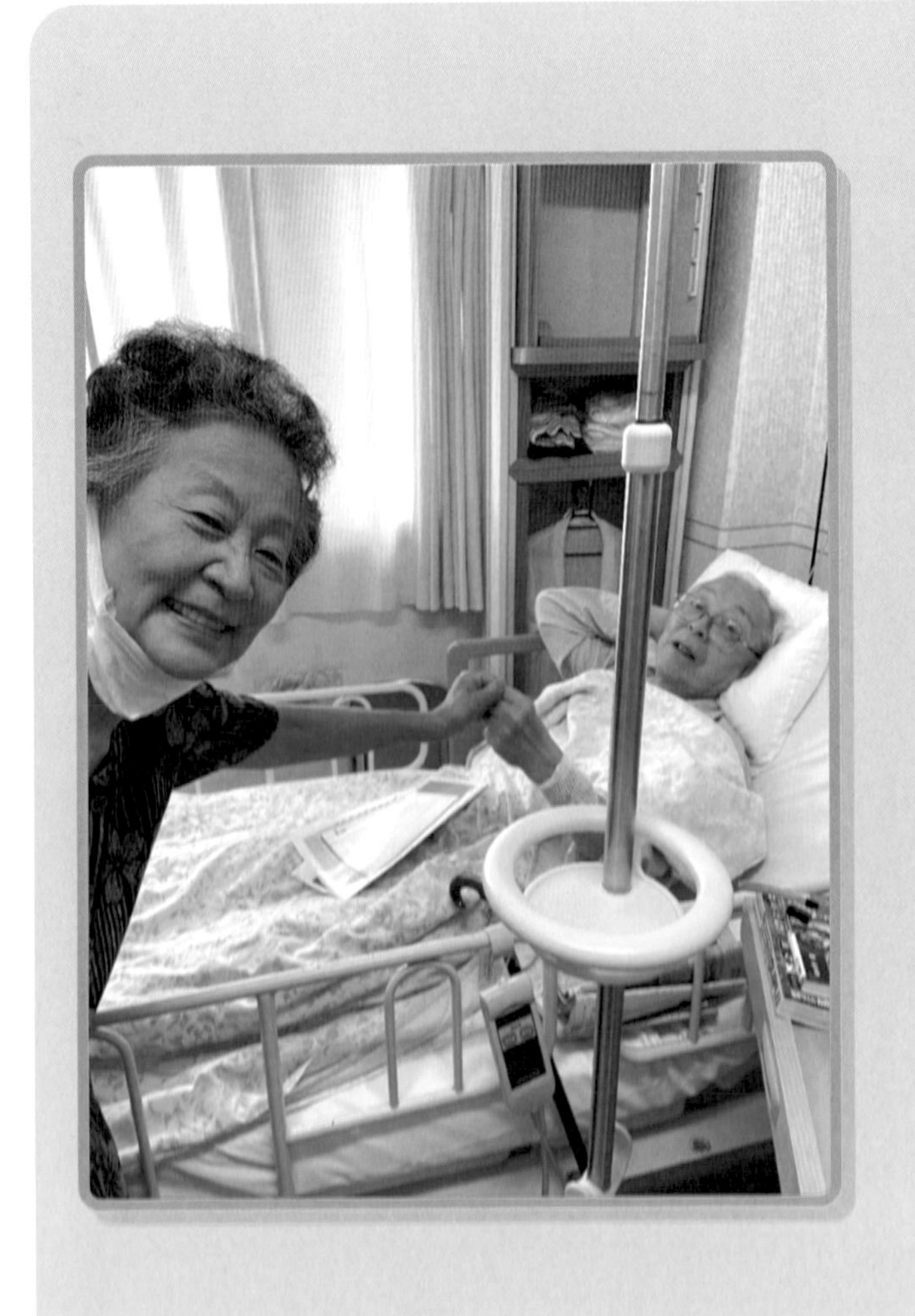

61 リハビリ講演会

父は浴風会病院に入院中、主治医の雨宮志門先生のご指示とソーシャルワーカーの高橋智哉先生のご配慮により、リハビリテーションの一環としてスタッフのみなさんの前でお話しする機会をいただくことができた。若いスタッフの方々にエールを！　ということで、雨宮先生から父にすすめてくださったようだ。病室で暇を持て余していた父には、なによりのリハビリになるかもしれない。

8月7日に入院して以来、コロナ禍の状況で家族も面会はできず、私とも20日ぶりの再会になる。携帯電話で毎日のように話はしていたけれど、私の顔を見ても誰だかわからなかったらどうしよう、などと考えてしまった。

そっと会場に入って父を待っていると、酸素の管をつけた父が車椅子でソロソロと入ってきた。少し痩せたかな。私に気づいた瞬間、ビックリした顔をして「あぁ！　来たの？」と笑顔になった。私はホッとして、一番後ろの席についた。

人様の前で1人で話すのは久しぶり。ちょっと心配だったが大きな声でみなさんに発信していた。

入院中（新型コロナウィルスの影響で面会が叶わなかった）家内に電話をかける自由を与えられたのは本当に大きなことでした。今までの一つひとつの愛情、端的に言えば夫婦の間柄ですが、いろいろなことがあったけど、それがまたかえってくる（戻ってくる）というような感じがしました。妻との絆を再認識できたことは、最高のプレゼント、得難い体験をさせていただきました。

『風立ちぬ』（堀辰雄）をぜひ読んでください。当時、国民病と言われていた結核に対する状況が、現在の新型コロナウィルスへの対応に共通するものがあります。この物語は作者の実体験に基づいた小説と言われますが、病が蔓延するという悪いことばかりではなく、そこから、こうした素晴らしい小説が生まれるという良いこともありました。コロナ禍の今、人々の絆を見直したり、新しいコミュニケーションの取り方が生まれるなどの良い面があることに希望を見出します。

風立ちぬ。風は吹くんじゃない。立つんだよ、風は。

私は長く医師として診療に携わってきましたが、東京慈恵会医科大学の恩師である新福先生に教えられたことを大切にしてきました。それは、「患者さんが何を言いたいのか、その本質を見極めることが大切である」ということです。

私自身が患者の立場になり、いろいろなことが見えてきました。入院生活ではありがたいと思うこともたくさんあるけれど、その反面、反発もあります。あなた（スタッフ）には、僕の病のことはわからないだろうと思ってしまうこともありました。こうして介護される身になると、たんに仕事としてかかわってくれる人と、本当に親身になって接してくれる人、その違いがわかっちゃうんだよ。わかるの。

今の自分の状況を踏まえて思うことは、認知症になってもそれで終わりではない、また戻ってこられる、ということです。こういったことも発信し、体験を書いて、世の中に広める。自分の結末をつくりたい。患者になっても学び続けたいと思っています。

本日はありがとうございました。

講演を聞いていた認知症介護研究・研修センター研究部長の永田久美子先生から、後日、丁寧なメールをいただいた。父と永田先生はセンターの立ち上げ準備のときからのお付き合いで、当時の父の日記には「大変優秀な研究者だ」と何度も書かれている。

メールには「風立ちぬという言葉を長谷川先生がおっしゃったとき、はっとしました」と書かれていた。その理由は書かれていなかったが、私はとても気になった。認知症ケアだけでなく、看護の専門職である永田先生は、私が気づかない深い意味にも気がつかれたのかもしれないと。

後に永田先生にお目にかかる機会があり、このことをたずねると、こう答えてくださった。

長谷川先生の講演を聞いて　永田久美子先生のお話

「風立ちぬ」と長谷川先生が発せられたとき、本当にはっとしました。その直前までは「入院している長谷川先生から、入院体験や気づきをうかがう」というモードでした。それが、先生が「風立ちぬ」と言われた一瞬に、病院という場や講演会という時空を超越して、長谷川先生が脈々と生きてこられている世界が立ち現われ、その中にひきこまれていく感じがしました。たった一言ですが、話を聴いていた病院の職員さんや私たちに、目の前にいるのは「入院患者」や「高齢者」、そして「長谷川先生」ではなく、〝僕の世界を生きている僕なんだよ〟ということを鮮やかに示してくださってるんだと思いました。

そして「風立ちぬ」に続けて、「風は吹くんじゃない。立つんだよ、風は」と、体の芯から湧き上がるような声でおっしゃったんです。

風は目に見えず存在がないように思われるけど、先生は風があたかも生きている大切な存在のように語られました。

物事は一瞬一瞬変わっていくけれども、「変わらない大切なものがある。それは目には見えず気づきにくいけれど、傍らでともに時を過ごし、ともに感じあってきた存在で、たとえ離れてもその存在と深いところで交信が続いていく」というメッセージをいただいたように思いました。

　そして、その変わらない大切な存在としての奥さまと育んでこられた時間が、ご発言の背後にうかがえました。

　この先にご自身に起きるであろう変化を見つめながら、「風立ちぬ」と語られたのは、先生の覚悟と啓示のように思いました。

「風は、はかないようだけど自分とともに確かにある、そしてその存在が自分の傍らから姿を消す、そんな時があるんだ」と。

「風立ちぬ、いざ生きめやも」。（かつては不治の病だった）結核、認知症、そして新型コロナウィルスの時代を生きてこられている長谷川先生。生身の生の不安、存在の不安と絶えず隣り合わせに生きていくなかでこそ、感じられること、見えてくることがある。楽観的な希望というよりも、生きているこの一時を慈しみ、物事が移り変わるなかでも自分の生のひとときに希望がある、生きていこうというエールを込めた先生からのギフトだと感じました。いつの時代も人は命の儚さや危うさ、そしてそれをいつの間にか何者かに管理され息苦しい日々に陥ることがあるけれど、風を感じ、息をして、自分自身を解放しながら生ききっていくことの大切さを先生から教えられたように思います。

先生の声が、今日もこだまのように私の中に響いています。

2020年9月7日

62 有料老人ホームに入居

父は在宅酸素療法が必要な状態となり、自宅での生活が難しくなったので、退院後は都内の有料老人ホームに夫婦で入居することになった。母は50年以上住み慣れた自宅を離れることをとても嫌がっていたが、父が母と一緒に暮らすことを強く望み、最終的には母も家よりも父のことを思ってくれた。急なことで本当に大変な決断だったと思う。引越しの支度をしていたとき、母は「夢だったらいいのに」と何度も言っていた。

私も6歳から住んでいた家だったので思い入れが強い。毎週のように両親に会いに行った家が空っぽになるのは寂しい。父とコーヒーを飲みに行ったり、理髪店でおしゃべりして笑ったりする普通の暮らしが突然途切れてしまった。

50年前に新築した頃、家に玄関と裏口がそれぞれ別にあるのが珍しくて、嬉しくて、そのドアの閉まる感触や匂いまで思い出す。ベランダにも小さなビニールプールを置いて、弟が喜んでいたなぁとしみじみ思いだした。

ホームに入居したこの日、バタバタと人が出入りするなか、父はホッとしながらも少し疲れた様子だった。

夕方、最後に私が部屋を出るときに父が「瑞子と写真を撮って。みんなに見せて」と言うのでカメラを向けると、父は母を引き寄せるようにくっついて、母が飛び切りの笑顔を見せてくれた。父はまるで自分の存在を母の体温で確かめているように見えた。

そんな2人を見て、小さい頃のことを思い出した。あまりにも2人が仲良しなので「私も早く家を出て自立しなきゃ」と思ったのだ。久々にまた仲良しのこんな光景を見て、当時と似たような感情が湧いてきて「私も早く自宅に帰って、家族にご飯をつくってあげなきゃ。早く帰ろう」と思った。

今日のために動いてくださった病院や施設のスタッフのみなさまには感謝の気持ちでいっぱい。最後の最後、私が「じゃあね。また来るね」と父に声をかけると「まりちゃん。正面に来てよく顔を見せて」と言うので、マスクを外してニッコリ笑ってピースサインをした。

うん、うん、と笑顔でうなずく父と笑っている母。2人の静かな生活が少しでも長く続きますように。

2020年9月17日

63 電話のひととき

有料老人ホームに入居した両親が新しい生活をスタートさせて10日。周囲のスタッフのみなさまの支えも大きく、少しずつ慣れてきた。

コロナ禍にあって、身内の私たちでも個室に入ることは禁じられていて、面会もその施設で1日5組、15分以内に限られている。なので病院にいるときと同じように、父とはよく電話で話す。

今朝は父と睡眠についての話をした。「昨日、私が勤務しているところで、眠れないときの対処法をみんなで話し合ったんだけど、今までどんな策があった?」と話しかけると、父は「うーん。若い頃は忙しくて疲れてたからね。バタンキューのことが多かったよ。最近眠れないことは少ないけど、少しだけ睡眠薬を服用したりすることもあったよ」という返事。「薬を上手に工夫していたのね。昨日の話し合いで素敵だなと思うことがあってね。ある人が話してくれたんだけど『僕は眠れないときに頭で音楽を感じて眠りにつきます』って。私、

素晴らしいなと思ってね。CDをかけたり、ヘッドホンをしたりしなくても、想像で頭と心に音楽を感じることができて、そういう工夫を眠れないときにしてるって」。

するとと父は電話の向こうで少しテンションを上げて「素晴らしいね！　僕もベートーヴェンの田園をよく想像するよ。♪ターラータ　ターラー　タターｰタターｰタ　ターター♪」と突然歌い始めたので、私も一緒に合わせて歌ってしまった。父は私が心に感じたことを同じように感じて受け止めてわかってくれる。昔から変わらない。

2020年9月17日

64
絆

この日の午後、中央法規出版の寺田真理子さんと日本読書療法学会の寺田真理子さんがホームの両親を訪ねてくれた。ダブル真理子さんの登場に父はビックリ仰天。私も入れたらトリプルまりだと喜んだ。短い時間だったが、温かいひととき。「家族の絆」について尋ねた寺田さんに父が語った話が印象的だった。

絆というのは人それぞれ持っていて、その人しか持っていない絆がある。
家族の絆も同じで、たとえどんな家族であっても、
その家族にしかない絆がある。
私たち一人ひとりが、独自の絆を持っている。
その人しか持っていない深い心と心の絆。それを大切にすること。

他の人にはない絆だから、人が生きているということは、
それだけで独自で、尊いことだ。
これはみんなそう。認知症になっても同じ。

人間は、それだけ深い絆を持っているのだから、
「今を生きる」ということが大切。
死ぬのは1回切り、戻ってこない。
三途の川を渡るというけど、渡っていないからこの世にいる。
その後、地獄に行くか極楽に行くかは誰もわからない。
すべて神様の計画のなかにある。
私たちが神様を選んだのではなく、神様が私たちを選んだのだ。
だから、神様のもとに帰るんだ。
あくまで神様が主体であって、こちらは受け身。
でも、受け身の準備をしていないといけない。

一人ひとり違う人生の流れがあって、
その流れを大切にしないといけない。
生きているうちが一番華だ。明日に比べれば、今が一番若い。
だから今を生きるということが華だ。誰かのために尽くしたい。

返り討ちにされることもある。
日常にはそういう危険もある。嫌なこともある。
しかし、そういうことも神様が与えてくれた試練だと思う。
だからありがたく思わないといけない。

なぜ、僕は言葉を発信したいのかというと、自分が良いと思ったことは、
みなさんに読んで（知って）もらいたいと思っているから。
僕が去った後も、そういう良いことを残していきたい。

2020年11月19日

65 久々の公園

新型コロナウィルスの影響で、ホームに入居してから外出できなかった。その間、父は『男はつらいよ』のフーテンの寅さんのDVDにハマってしまい、「日に3回も観るものだからやんなっちゃうわよ」と母が愚痴る。「平和だからねー、寅さんはね。庶民的だし好きなの」と父が言う。昨日も私が新しい寅さんのDVDをホーム宛に送ったけれど、母が飽き飽きして隠してしまったらしい。

「ずーっと瑞子と同じ部屋に一緒でしょ。辛くなるときがあるよ。避難所がないからねー。ケンカになるけど僕が必ず折れるの」と、母がちょっと席をはずした一瞬にブツブツ言っていた。「でもね、僕は家庭をかえりみないで仕事、仕事だったから。（瑞子は）子どもたちを一生懸命育ててくれた。すごい人だよ。だからすぐ謝るの」と母には頭が上がらない様子。

別々に愚痴を聴くのも至難のワザだけれど、2人にストレスがたまらないように工夫することがこれからの課題かな。

この日は秋晴れで暖かかったので、ホームの近所にある公園に3人で散歩に行くことができた。母は赤や黄色の落ち葉を拾ってお土産にとビニール袋に入れていた。父も空を見上げて「気持ちいいねー」と笑顔一杯の秋のひととき。良かった！

夜になって、母から拾った葉っぱの写真が送られてきた。なんだが涙が出そうになってしまった。父も水筒のほうじ茶を「美味しいねー」と言いながら、秋風にたなびく雲の流れを見つめて嬉しそうだったことを思い出した。なんでもない、こんな1日が愛しい。

おわりに〜これからの父との関係

父とはケンカになることはありません。母や私が強く言うと、父は「そうだね」「悪かったね」と折れますから。わが家ではなかなかパーソンセンタードケアは難しいかもしれません。母がセンターで、父はコーナーになります（笑）。

父は認知症になったのはしょうがないと受け止めていますが、認知症になって良かったとは思っていません。しょうがないけれども、認知症とともに生きていこうと、思っているのです。でも、認知症を抱えながらでも不幸ではないのです。健常者と同じように、美しいものを見て喜んだり、感動したり、深く考えたりします。

これからのことについては、身体の面でも気持ちの面でも変化があると思います。ずっと同じ状態が続くことはないわけですから、父だけではなく、周りの家族の状況も同じように変化があるはずです。これまでもそうしてきたように、みんなで現実に向き合って、その都度一緒に考えていくようにしたいと思います。

父はパーソンセンタードケアを理念として提唱してきましたし、家族としてもそれをできる範囲で心がけたいという思いはありますが、そのためには介護者が健康な状態であることが欠かせません。自分が普通に生活できる精神状態でないと介護はできないからです。両親も私が健康でいてくれることを望んでくれていると思います。「元気でいてね」とよく言ってくれます。

介護者がセルフケアをできて、自分自身が健康であれば、認知症の本人の希望や家族の思いを専門職の方に正確にわかりやすく伝えることができます。それがパーソンセンタードケアにつながるのではないでしょうか。それに、気持ちにゆとりがあれば、介護を楽しむこともできますし、お互いに充実した時間を過ごすこともできます。私と父もお互いに共感し合える時間は、むしろ父が認知症になってからのほうが増えました。

両親は他人の介入を嫌がる傾向が少しありました。専門職の方には、ケアマネさんをはじめ連絡を密にとることを大事にしていますが、ケアマネさんから言われると嫌がるようなことでも、家族が言えば受け容れてくれることもあります。かといって、こちらが勝手にやってしまうと「どんどん決めないでよ。自分で決めるよ」と父に言われたこともあります。母は父のやりたいようにやらせてあげたいと思っていますし、父は母を楽にしてあげたいと思っています。お互いに思い合っているのです。そんな2人の希望に耳を傾けて、総合的に考えて一番良い方向を選択することが私の役割なのでしょう。

私に今できるパーソンセンタードケアは、両親2人の気持ちを受け止めてあげることと、そして一緒に感じることです。1日の様子に耳を傾けて、「大変だったね」「良かったね！」「新しい家具はどう？」「レトロなラジオの調子はいかが？」「あの人はどうしているかしらね」などなど、父や母とたくさん話すことが大切だと思っています。特に母はおしゃべりが好きなので、愚痴もたくさん発散してもらうことで、父も母から良いケアを受けられるかもしれません。

私も妹も毎日電話をしています。長電話はやはり女子の特権ですね。特に両親のほうからかかってくる電話は大切にしています。こちらから電話をすると向こうはスタンバイができていないことが多いからです。電話をかけてくれるということは、両親の気持ちが会話をする状態になっているということですから。

認知症になっても、私にとって父は父のまま、変わっていません。子どもの頃、外で父とかくれんぼをしていたときに近くに雷が落ちたことがありました。すごく怖くて泣いていたら、かくれていた父が出てきて、「まり！　大丈夫だよ！」と抱きしめてくれました。そのときの父の笑顔が印象に残っています。今でもその笑顔のままです。ほめてくれるところも、人の役に立ちたいと一生懸命なところも、書くことが好きなところも。「楽しかったねー。今日は最高の1日だったよ！」笑顔いっぱいのこの言葉をこれからも何回も聞きたいです。

最後に、この本を書くにあたり、1960年代からの父との歩みを振り返るなかで、いかに多くの方々に支えられてきたのかを強く感じました。この場を借りて深くお礼申し上げます。また、この本を手に取ってくださった読者のみなさま、本当にありがとうございました。

南髙まり

引用・参考文献

1・長谷川和夫『認知症ケアの心　ぬくもりの絆を創る』中央法規出版、２０１０年
2・長谷川和夫・長谷川洋『よくわかる高齢者の認知症とうつ病　正しい理解と適切なケア』中央法規出版、２０１５年
3・長谷川和夫・加藤伸司『「改訂長谷川式簡易知能評価スケール〔ＨＤＳ－Ｒ〕」の手引き　臨床現場における正しい使い方と活かし方〔ＤＶＤ付き〕』中央法規出版、２０２０年
4・長谷川和夫『読売科学選書50　心は老いるか』読売新聞社、１９９２年
5・ヘルマン・ホイヴェルス著、林幹雄編『人生の秋に　ホイヴェルス随想選集』春秋社、２００８年
6・神谷美恵子『生きがいについて』みすず書房、２００４年
7・Tom Kitwood『Dementia Reconsidered: the person comes first』Open University Press、1997.
8・トム・キットウッド著、高橋誠一訳『認知症のパーソンセンタードケア　新しいケアの文化へ』クリエイツかもがわ、２０１７年
9・全国社会福祉協議会『ふれあいケア』２００８年12月号
10・堀辰雄『風立ちぬ・美しい村』新潮文庫、１９５１年

著者紹介

長谷川和夫（はせがわ・かずお）

認知症介護研究・研修東京センター名誉センター長。聖マリアンナ医科大学名誉教授。1929年愛知県生まれ。東京慈恵会医科大学卒業。1974年「長谷川式簡易知能評価スケール」を開発。1991年に改訂。医療だけでなく、パーソンセンタードケアの普及、啓発、教育に尽力。「痴呆」から「認知症」への名称変更の立役者。2017年に自らが認知症であることを公表してからは、当事者の立場で認知症の人の想いを発信している。

南高まり（みなみたか・まり）

1962年東京都生まれ。国立音楽大学卒。卒業後は鶴見女子短期大学保育科勤務。2002年よりシルバーコーラス「マーガレット歌の会」をスタートし、音楽を通して地域でのつながりを大切にすることを心に留めている。また近年は日本社会事業大学で学び、精神科クリニックを経て精神障がい者のデイサービスで精神保健福祉士として社会福祉活動に携わっている。３人きょうだいの長女として、父が80歳を過ぎた頃から主な活動に付き添っている。

父と娘の認知症日記

認知症専門医の父・長谷川和夫が教えてくれたこと

2021年1月10日　初版発行
2021年3月12日　初版第3刷発行

著　　者　長谷川和夫・南高まり
発 行 者　荘村明彦
発 行 所　中央法規出版株式会社
〒110-0016
東京都台東区台東3-29-1 中央法規ビル
営　　　業　TEL　03-3834-5817　FAX　03-3837-8037
取次・書店担当　TEL　03-3834-5815　FAX　03-3837-8035
https://www.chuohoki.co.jp/

執筆協力　寺田真理子（日本読書療法学会会長）
編集担当　寺田真理子（中央法規出版）
本文・装幀デザイン　二ノ宮匡（ニクスインク）
印刷製本　新津印刷株式会社

ISBN 978-4-8058-8264-1